Rosa Mística

Poesia

Bruna Witcoski

Rosa Mística

Poesia

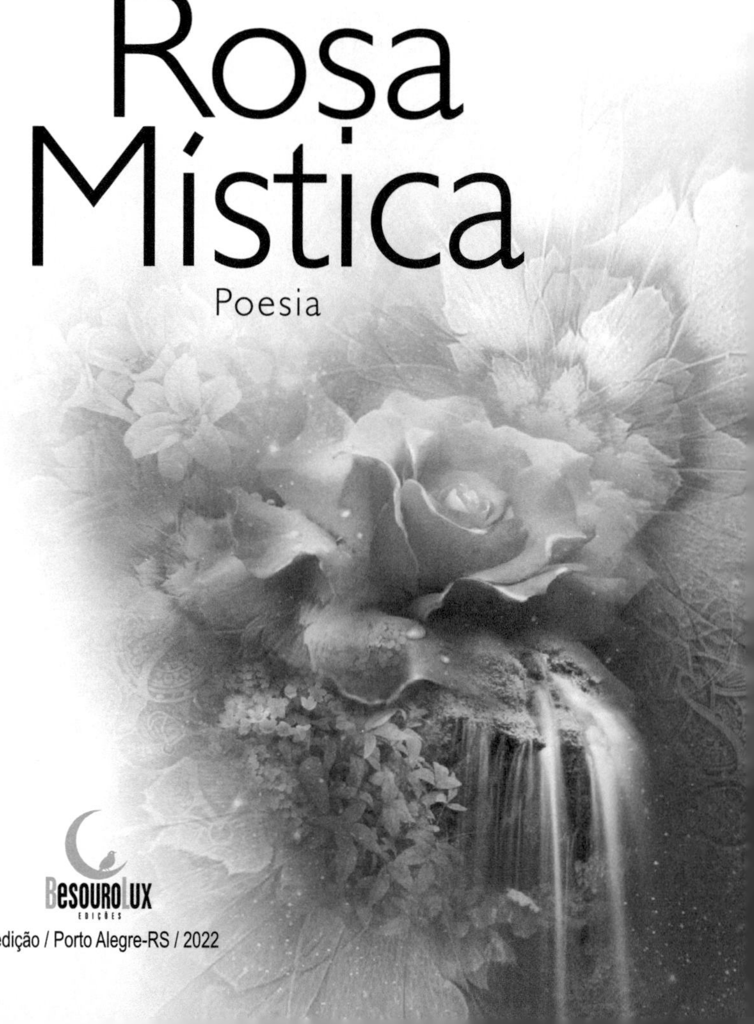

BesouroLux
Edições
1ª edição / Porto Alegre-RS / 2022

Capa e projeto gráfico: Marco Cena
Produção editorial e Revisão: Edições BesouroBox
Produção gráfica: André Luis Alt

Dados Internacionais de Catalogação na Publicação (CIP)

W819r Witcoski, Bruna
Rosa mística : poesia. / Bruna Witcoski. – Porto Alegre: BesouroBox, 2022.
152 p. ; 14 x 21 cm

ISBN: 978-65-88737-80-4

1. Literatura brasileira. 2. Poesia. I. Título.

CDU 821.134.3(81)-1

Bibliotecária responsável Kátia Rosi Possobon CRB10/1782

Edições BesouroBox Ltda.
Rua Brito Peixoto, 224 - CEP: 91030-400
Passo D'Areia - Porto Alegre - RS
Fone: (51) 3337.5620
www.besourobox.com.br

Impresso no Brasil
Agosto de 2022.

A mais bela oração é o olhar de amor
que testemunha o amado.

Dedicado aos meus pais, Sirlei e Eduardo,
minha irmã, Brenda,
meus avós, Realda, Otávio e Adelina
e ao Pe. Pergentino Pivatto.

Com amor,
Bruna

No escuro da palavra
sopra um silêncio profundo.
Invade minha interioridade
como sentido que recria sentidos.

Sinto no tremular de um dizer mudo
o que revela ao se esconder.
É o mistério da linguagem que
materna um sonho que se acolhe.

Recebo em graça um som gestado
que nasce na escuta sincera.
Verdadeiramente sinto-me orquestrada
por vozes do além mundo,
que insistem nessa comunicação
tão real quanto sobrenatural.

A vida que encanta e se canta
nos espaços todos,
reverbera do febril da terra,
acendendo a chama da comunicação.

Nessa relação de silêncio e escuta,
de dizeres calados e contatos inefáveis
que se declamam na sensibilidade,
sou deixada em anunciação
que transcende, que me faz sempre nova.

Ao comunicar esse mistério,
recolho-me invisível para testemunhar
o que invisível me observa.
Nesse deleite doloroso de se viver uma paixão
comunicável, transfiro de meu espírito vivo
a harmonia fundamental.

Declaram-se em mim abismos,
aqueles mesmos abismos do destino
que se cumpre na palavra da terra,
na poesia do mundo,
no cântico secreto das criaturas no segredo.

Rosa mística

Debruço-me sobre tua lágrima.
Acolho tua dor em minha dor.
Tuas mãos em minhas mãos
formam o cálice em que te cubro, doce alma.

Escuto a música do teu coração,
única sinfonia que agora existe.
Anuncia o teu clamor, doce alma,
como um suave tremor em que tu te apresentas ao amor.

Recebo-te, bela e calma,
entre os fios invisíveis que nos conectam,
para levar-te de volta a ti mesmo, grande alma.

Onde estavas que agora choras?
Por que voltaste quando a liberdade te espera?
Por que neste jardim te encerras,
quando és tu, a rosa mística?!

Acolho-te, alma em rosas,
quando as pétalas que te cobriam
deixam-se cair nos ventos que passam...

E por mim tu passas, mas permaneces.
E te espero, alma que bem quero,
para andarmos juntos além do arco-íris.

Debruço-me sobre tua lágrima,
e ao contemplar a luz do teu olhar,
o caminho colorido é refletido no céu
do nosso terno amor, alma em flor!

Receba-me como tua escolhida sombra,
em que tu adormeces envolta por silenciosa prece,
e te reencontras.

Dos enamorados

Pelos olhos teus recebi a doçura das fontes eternas em que borbulha o sentido.

Te senti, oh bem amado, e não mais me pertenci.

Quererei eu defender-me dessa força frágil que eleva minha alma na sensibilidade do espírito?

Que em um sopro evade-me para os segundos eternos em que a vida interior acontece?

Como poderei receber-te, tão belo, senão me oferecendo à melancolia dos encontros secretos que tua alma me concede?!

Serei eu o terno berço que não pode colher teu mistério, mas que acolhe tua bendição e a transborda?!

Almabela

Oh, alma bela, em teu olhar tu me levaste,
quando em amor por amar-me foste sem fim,
e essa dor de esconder-te no eterno em mim,
tua imagem, oh, alma bela, tu me amaste.

Se no sonho te procuro sempre triste,
o silêncio no cantar do céu nos pode ver,
encantar porque te esposo, oh, terno ser,
se te espero, se te quero e tu partiste.

Alma bela que em meus olhos tu miraste
e o sonhar da vida por contemplar te levou,
resgata-me do amor que me entregaste...

Sabes que adormeço com o que de ti restou,
fecho os olhos para ver-te, oh, doce alma,
para sempre amar-te, bela que me amou!

Ao nosso amor

Ao meu amor, teu amor, serei atento,
que me serás e em ti serei, antes e tanto,
que de tudo hei de partir desse momento
à eternidade que nos declama o seu pranto.

Teu amor, meu amor, causa de espanto!
Belo é esse rosto nosso de som e encanto,
triste de amor eterno enquanto canto,
no calar musical, in-visível e santo.

Perdão, oh flor de cor e olor vibrantes,
em voltas te aconchego, qual doce amparo,
sombra de tua sombra, luz de teus instantes.

Declaro-me em tua alva pele, amante,
como tocar in-tocável de teu rosto claro
que me olha e me ama, sempre irradiante.

En-canto de amor noturno

Em mim sem espaço para imaginação
Pois a presença viva e saudosa
Daquela que me deixou essa recordação
Adentrou-me em sua noite
Carregou meu coração.
E fui junto ao seu encontro.
Agora, pois, eu não mais canto.
Aquela que me habita
Ousou saída, foi embora.
Minha música: seu pranto!
Junto dela fui levado
Para outros tempos como o amado
Que ela ama no segredo,
Mas o beijo não tentado
É naquela qual eu amo
O silêncio em que me guardo.
Ah, na noite de minha espera
O vazio me recupera
Mas tudo ecoa seu sorrir.
Oh! Doce amargura, serena,
Que vem na noite tão pequena
A iluminar o meu sentir.
És tu, amada minha
Eternamente a visitar-me
De noite ou de dia
Tu vens e vou contigo!
Vens curar-me da ferida do amor
Que em tanto amar se fez sem fim,
Tudo é bem suave dor.
És tu, em mim! Já não me habito
senão por tua lembrança,
Tua, só tua. E eu a recordo por ti.

Santidade

Todos os dias eu te recordo e te adoro.
Não há em mim um segundo vazio que
tu já não tenhas preenchido de pensamento.
E, aquele sentimento de depender-te
não é problema para minha intensa alma.
Desejo mesmo é ter-te tanto que,
sem muito pensar, seremos um só corpo.

E que esse corpo seja tão luminoso quanto sonoro,
e os sons de nossa doce e estranha paixão
se propaguem pelos ventos mais impetuosos,
mais selvagens. Afinal, amar é viver o improvável
e arriscar-se no abismo de ser outro.

Esses prolongamentos do corpo dão vida nova
à vida nossa. Então só pretendo sentir-te todo,
poder tomar-te nesse segundo infinito que
tu te deixas contemplar. Sim, meu espírito
no teu comunica um mistério inviolável.

Já não posso parar essa tempestade de emoções
que se formam em mim. Não posso me negar
ao teu amor, pois estaria a morrer silenciosamente
antes da aurora do dia novo.

Eis que agora compreendo, bem pouco,
que o amor só pode ser essa força criadora
que a tudo transforma, que me transforma,
me transcende, me ascende ao sentido primeiro,
ao sentir único que é nascido ao beijar-te na fronte.

Afronto-me, mais que antes, e acolho essa paixão
inominável que se desloca por entre meu pensamento.
Não há razões que nos atestem santidade,
mas há graça por amar-te. E te amo sempre.

Renascimento

Sou tu
E tu te vais

Sou tu
E tu voltas em mim
Novo de novo

E sou quem?
Se tu me és
Mas somos

Eterno
Nascimento.

Rosa

Acolhe o céu
com vento impetuoso
bailando sua fragilidade

E vai dançando
em embalo amoroso
ao passo da simplicidade

Apequena-se, pois aos céus é toda dada,
se aninha no livre encanto da voz silenciada

Os céus também choram
nesse cantar melodioso
que vem tocar sua amada

No beijo invisível
em que ternura é contemplada!
Oh! ROSA!

Cálice de ternura

Receba esse cálice de ternura,
tu que preservas a fonte da criação
com teu olhar de amor e doçura.

Receba meu coração
neste cálice de sonho e de paixão,
quando na noite tu te elevas
ao brilho das estrelas
e aqueces o sono de Deus.

Acolhe, oh, tu que és bela,
o tímido cântico que se revela
em nossa presença amável,
pois contigo eu canto
as belezas do amor inefável.

Oração

Oh, amor meu, te amarei com todo o meu viver,
minhas forças mais íntimas te darei,
te amarei em todo o meu ser,
oh, meu amor, te amei, te amo, te amarei!

Meu olhar a silenciosa prece a te envolver,
e ao te olhar me entregarei ao eterno amor,
sentirei a chama do mistério em seu ardor
contemplando na intimidade do nosso nascer.

Oh, amado! Que me tenhas no teu desejo infinito,
que não cesse o beijo da ternura que nos preserva,
que me ames intensamente e sem reservas,
que sempre me escutes no silêncio do inaudito.

Te receberei no coração que me é imortal
e de amar-te seguirei no caminho das rosas,
porque me acolheste como a tua amorosa
e me entregaste a fonte da doçura eternal.

Amado, meu amor amado!
Que tu sintas que há um olhar a te contemplar,
que recebas essa oração incessante do amar,
porque já me tens nesse amor que é a ti dedicado.

Graça do amor

Por mim a luz do sol te abraça mesmo na noite, meu amor;

E és aquecido pela doce lembrança que nos reserva o sonho.

Teu corpo se move aos céus dos mistérios e todo movimento é divino.

As ondas sonoras do universo do coração se entranham em nossa memória,

e tudo ressoa um som sem fim.

Reencontrar-te nesta existência é colher a graça que se atualiza na coragem de amar e de ser amada.

Te escuto, novamente, e mesmo o silêncio nos declama uma canção sagrada.

Na noite da nossa espera, o sol aquece nossa esperança, guiando nossos passos um ao outro, um que é outro.

Por amar-te

Na sinfonia de tua alma amável
os rumores atravessam a pele nua,
intocável.

Um pensamento meu te encontra,
tenta contornar,
mas se perde na alvura inefável.

Viajante cósmica, quem és tu?
Nas tuas estrelas
meu viver iluminado por teu mistério.

Clareira, claridade!
O amor como constelação
de encontro e de saudade.

Desbravador de teus universos, que sou?
Iluminado em tua eternidade,
sem fim, por amar-te.

Da gratuidade

Tu te fazes infinito.
Vens a mim como sopro que não se pode apreender,
como vento que anuncia um livre viver.

Teu rosto volta-se a mim e nada sei sobre ele.
Estranho. Emergente de um sem-fim.

És tu, o que me causa estranhamento.
Olha-me e como o vento me desorganiza
para além de um pensamento.

És tu, que me encantas com teu amor.
E por te amar, deixo-te viver, livre de mim
e de todo nomeável ser.

Pelos espaços infinitos, testemunhamos a bondade.
Eu, tu. No sagrado mistério
da gratuidade.

A presença

Eu tento alcançar teus céus, meu Senhor!
Mas tua infinitude apreende meu saber e
nada sei.

Então contemplo tua bondade,
e sou testemunho e testemunhado,
o que observa e o observado.

E teu infinito abraça-me quando te olho,
visão que é pelos olhos teus.
Os meus alcançariam tal luz?

Meu Senhor, quão belo és
e tão bom
que compartilhas comigo tua criação.

E estou nela, e estou em ti.
E sou tudo o que tu amas,
e sou todo amor.

Porque em ti vivo e respiro,
contemplo e perco-me ao te amar
e eis que me reencontro.

Senhor, por ti vislumbro o que está além de meu ser,
e o que ser, quando tudo já está dado por ti?
Há algo a aspirar além de tua presença?!

Cósmico

De estrelas,
luminoso é teu corpo, tão frágil.
Radiante na escuta promessa
de um dia eternal.

Tu és essa alma que se deleita na margem outra,
aquela aquém de ti – no teu rosto –
que é corpo de meu corpo, alma de minha alma,
que sou, quando te olho e vivo.

Voas! E revestes a face da Terra com o rosto imortal.
Contornada pelo amar,
tu és esse corpo distante – todo viajante –
fazedor de nascimentos.

Divino

Oh, meu Deus! Qual face te tem sombreado
o rosto que é deitado em toda a criação?!
Onde não estás, se cantas no vento,
se teu dizer inefável é sopro das árvores
que recebem silenciosamente tua saudação
e comunicam secretamente teu coração?!

Divino Espírito, onde não estás?
Se nos céus, nas flores e no mar,
na ternura do sol e da lua,
dos amantes que se prometem ao luar...

Se no silêncio tu és música, se em toda música
tu és bendito silêncio, és o anúncio calado
que enamora humildemente...
Meu Deus! Onde não estás?

Quando meu coração encontra outro,
tu abraças em nosso abraço, porque teus braços
já nos tocavam sob teu véu de amor e mistério.
Quando nossos olhos se alegram e se agitam,
quando choram e se buscam, tu já nos tem
contemplado, na terra e nos céus, em todo sempre.

Ah! Tu revestes a terra oferecendo aos céus.
Tu és todo-céu que esposa a terra,
e tudo o que há está para te amar.
Porque tu já amas, porque tu és tudo, porque és o
amor.

Amados

Uma sombra se esconde em meu amor.
De teu sofrimento, sofro primeiro,
e quereria sofrer até esgotar-me essa dor.
Para que teu viver de rosas fosse coberto;
para que os espinhos me fossem entregues, e eu os transformaria
em suaves carícias que te tocariam, ternamente,
inquietando tua alma de intenso e sempre amor.
Essa sombra me tem vestido,
e quão ardente é seu toque ao meu corpo nu.
E nas frestas infinitas de teu respirar,
fui ferida por querer-te eternizar no pouco que sou.
Os céus te querem amar, mas te ofereço o portal
que esposa céus e terra. Sou essa abertura
em que o eterno se comunica e te guarda.
Guarda em mim.
És tão livre, meu amado! E por seres tão livre de ti,
é que me esposaste. Vives todo em mim.
E eu, livre no amor, me fiz toda em ti.
Teu olhar me fez alma tua.
Qual beijo nos deixou um no outro...
tua palavra disse meu viver na tua vida.
E agora, amado meu, que somos isso que não se explica, mas se vive?!
E agora que somos esse ser que é um, um e dois, mas dois são um?!
Nossas sombras se confundem, nossa claridade se abraça.
E na noite da nossa espera, o dia de nossa entrega...
Tudo passa!
E nós ficamos um no outro, eternos passantes
que não se passam, não se podem passar.
O agora eterno de nosso encontro, um no outro,
um que é outro. Amados.

Mãos do destino

Teu silêncio perdoa o som das folhas
que brindam a vida quando tudo dorme.
No sono do dia, tu desapareces no silêncio,
mas a música da existência te sonha, te precisa.

Tu és esse rosto que se esconde no meu
por entre as folhas que se entregam ao vento.
Passante segundo, eterno desejo
qual terno afago na face que beijo.

Entre as folhas — tuas mãos invisíveis
que suavemente contornam o céu
e declamam perdoar tua inocência.

Mãos benditas purificam as águas da dor,
recebem e filtram, deixam ecoar pelo ar
nos ventos infindos do amor.

Tu permaneces, além de ti.
E tudo dói. Tu permaneces, és outro —
e tudo belamente dói.

A ferida da existência se expõe
por entre as folhas que tocam teu rosto invisível;
tuas mãos inefáveis acolhem uma entrega...

E toda entrega é acontecimento eterno
que ecoa a música das esferas,
enquanto o silêncio expresso nas folhas
dança os ventos sonoros de um coração.

Maria, ternura de Deus

Tua lágrima escorre dentro de mim,
e nela toda a vida minha, que é em ti.
Tu me inflamas do fogo sagrado criador,
Tu me abraças em teu seio de amor,
e a vida é sempre nova.

Tua voz chamou-me ao eterno,
me elevou à rósea cruz do amor tão terno.
Fizeste-me guardiã do sonho teu.
És tu, Mãe de todo nascimento,
porque incessante é a tua rosa da compaixão.

Abraçaste-me forte, no mistério do sal
que lava as águas todas transformando-as
na fonte doce de temperos essenciais da verdade.

Chamaste-me na noite em que toda alma se entrega,
misteriosa. Conduziste-me ao abismo interior
em que acontece a ressurreição...
quando na noite se testemunhou o clarão
dos céus cobertos pela promessa de anunciação.

Tu acendes a vela trina no espaço interior da criação,
e cada realidade é tua realidade.
Meus passos enlaçados aos teus,
porque ao laço infinito me puseste livre.
Meu viver é teu respirar, e no sopro para além da vida
não há morte que o amor possa atestar.

Tu vives. Tu vives e em mim repousas tua rosa.
Tu vives e no mundo odoras...
Tu vives e vibras no coração da terra e dos céus,
além de todos os véus, aquém da linha invisível
que preserva a tua eterna inocência.

Virginal és tu, floral da vida, rosa dos ventos,
portal de bendição. Levanta-te invisível
por detrás da noite, e alumia na paz da redenção.
Oh, Jardim da bem-aventurança,
floresces naquele que te contempla!

Tudo vibra na terra porque tu és ela,
porque ela em ti está.
Tu és a semente amorosa por qual tudo floresce.
Tu te dás no incessar do sol que faz raiar toda vida.
Tu te derramas como água bendita sobre
os solos todos e inundas de graça e de bem.

O rosto por detrás de todos os rostos, és tu.
Oh, canal diáfano que reflete o puro amor.
Voltas eternas te renovam porque tu és
irradiamento amoroso que brilha divina ternura.
Tu, que promoves a cura,
porque és tu a repleta de graça!

Tu me chamas, me elevas, me preservas
na rosa coroada do coração
que nos acolhe em mística comunhão.

Fonte secreta

Meus silêncios não estão acolhidos,
meu canto não está preenchido.
Há um abismo aberto que me atrai
para sua sombra deserta.

É belo, como é belo esse instante noturno
em que a dor abre-se ao amor.
E de amar arde em mim a aliança eterna
em que tu me guardas, oh, amado.

Rasga-me suave esse olhar de sonho
que ao longe me contempla.
Sou recolhida e deixo-me viver neste
momento eterno.

Abre-se em mim cada vez mais esse abismo de ser.
E os silêncios preenchidos, incompreendidos
em suas melodias celestiais...
Que poderei fazer, amado, quando em teu canto
adormeço pacificada? E que poderei fazer
se sou tua amada, e te encontro?!

Quando em inefável dizer tu pronuncias meu nome,
e a noite nos esposa o aconchego esperado.
Porque tu habitas minha intimidade,
porque repousas nos silêncios e me esperas,
porque és o bem amado.

Quais silêncios serão meus se tu te disfarças
no adormecer sonoro da minha vida, e
aguardas como que em velada sinfonia,
ao som da minha solitária e doce alma?!

Encontra-me a fonte secreta entre
o silêncio e a música.
Pelos espaços infinitos, estou em ti e
em mim tu te realizas.

Dama da noite

Entrego-te, dama da noite, a rosa dos sonhos.
Tome-a em teu leito finito com o beijo eterno,
para que a fragilidade floresça na fortaleza de teu silêncio.

Tome-a, oh, dama da noite, com esses braços estelares
em musical encanto. Se tu a acolhes, o mundo por ti
é colhido para todo o sempre.

Dama da noite, que acordes silenciosos te guardam?
Quem te poderá olhar sem tomado ser
por teu mistério e noturno soar?!

Como tu cantas, bela da noite, se mesmo no dia
te posso escutar? Se teu tímido canto inebria
os silêncios e eu canto, em teu divino cantar...

Mas só tu podes colher a rosa dos sonhos,
dama da noite, para em teu jardim eterno plantar.
E no sono da aurora, o cântico calado das almas
poderá despertar. Dama em noite estelar,
envolto por tuas redes de encanto eu canto, ao te amar.

Acorde dos bem-aventurados

De um silêncio em mim os sons se encontram
e se reúnem na sintonia dos braços
que em amor se enlaçam.
De um santo olor nasce a rosa interior
que floresce para a eternidade.

Abrem-se os portais da intimidade que velada
na lágrima da sensibilidade contata o sem fim.
Apenas escuto o som suave de tua voz
que me encontra neste silêncio da contemplação.

Posso escutar tua voz no calado da nossa música.
Ela vibra dentro de mim, como acordes de brilhante
constelação. Em nosso abraço a sinfonia única
é irradiada pelos universos que nos abrigam.

Tu aí estás, na intimidade misteriosa
que minha identidade reconhece.
Tu aí estás, na morada mais secreta em que tu me és,
e te sou eterna. A vida em nós amanhece,
e o silêncio desse amor timidamente embevece
a existência no musical acorde dos bem-aventurados.

Oh, presença bela, tu és! Tão bela quanto a rosa bela
que só floresce amada...
então se deixa no jardim do coração interior.

E mais além

Não adianta. Sou assim.
Minha essência é o amor, o afeto, o cuidado.
Se estou certa? Não sei.
Mas sinto que o caminho da alma é solitário,
e não há julgamento capaz de fazê-lo diferente.

Ao menos minha alma é assim,
livre de uma liberdade estranhamente ingênua,
deveras real e unicamente de si.

Os amores que nascem em mim não são para o tempo,
nem mesmo deste mundo, mas transcendem
todos os mundos, gravados eternamente.
Essa tal de eternidade que tanto se fala e pouco se vive...

É preciso encarnar o amor agora mesmo;
é necessário transgredir as leis do tempo,
os limites do humano, então ascender ao divino coração
que pulsa e nos pulsa a vida...
e o amor acende como chama única que arde, queima e
não finda.

Sinto verdadeiramente queimando-me neste amor.
Em chamas, como que tomada de um absurdo
sentimento infinito
que mal posso senti-lo sem deixar-me rasgar por
completo.
Eis-me aqui, alma absurdamente intensa...

Sou um perigo para mim mesma,
mas para aqueles que amo,
sou tudo o que posso ser, e mais além.

Se me amas

Amado, se me amas, toma-me em tua alma e aspira-me
como sombra de tua sombra na luz de nosso encontro único.
Se me amas, guarda-me em teu segredo,
aquele mais íntimo que em teu coração se derrama.

Amado, se me amas, abraça-me em teu olhar
e em meus olhos a vida irás contemplar.
Se me amas, ama-me também na noite
quando em nosso quarto interior
os sonhos se confundem por amor.

Amado, se me amas, mostra-me o infinito,
quando me eternizas pelo beijo teu.
Se sou tua amada, deixe-me em ti
como o luar repousa sob as águas em místico fundir.

Se me esposas o coração, permita-me
que te ame em profunda e incessante união.
Te habitarei em todos os jardins da vida
e tu me receberás como a rosa prometida
nos céus e na terra, em nossa eternidade.

Paixão

Suspiro lentamente enquanto minha alma
se desprende da dor.
Suspiro novamente e tudo é transmutado,
elevado ao amor.

Resta acolher-me nova, outra que eu,
jamais sendo como fui.
Ao desprender-me de uma força insistente,
me deixo pacificada na libertação
que meu coração sente.

O espírito sobre a terra inspira meu espírito e vivo.
Tudo a partir de agora é tão breve
na eternidade que me é possível.
Acolho esse pesar e comunico, em graça,
uma paixão intransferível.

Oceânico

Oh, meu amor,
arrasta-me por teus mares
nas ondas sonoras de teu coração.

Ouço sobre o mundo raso
o oceano que entoa voz...
que pode alma minh'alma,
aqui te trago, a sós.

O mundo que te escuta
sobre as águas eternas,
acalma tudo acalma,
entrega todos os pós.

A paz és tu, e ainda assim
me inquietas sem-fim,
porque te eternizas nos mares
e te deságuas ternamente em mim.

Oh, amor meu amor,
arrasta-me daqui
e me livra desse querer-te sentir...

Escuto entre as vozes da noite e do dia
a agonia da vida oceânica
que misteriosamente anuncia

... a música do teu coração eternal!

Oh, mortal — já não sou
porque te amo
porque me levas na canção,
nas águas de teu coração.

Noturna

A noite convida-me para bailar em sua claridade invisível,
em que os silêncios são suportados um no outro
e se misturam como que em musical encanto.

Escuto neste escuro que me afronta,
a voz suave que do centro da Terra vem grave,
anunciar-me o seu nascer.

De dentro de mim abre-se ao mundo a profecia
dos céus interiores, que brotam como fontes estelares
nas constelações do coração.

Tal como um universo infinito sou atraída
pela pulsação cósmica das almas livres.
Vejo na claridade do espírito a luz que não findou.

Entrego-me ao chamado silencioso que invoca
minha liberdade e meu amor. E lanço-me ao abismo
das danças secretas que declamam o sagrado viver.

Transbordamento

Não há remédio que possa remediar a dor de minha alma.

Todos os sonhos em mim se tornam excessos de amor.

O mar que ondula história não toca nas águas eternas em que me banho.

Sou banhada em prenúncio de aurora, quando nasço na noite — e meu ser ali permanece.

Todos os sonhos em mim se transbordam.

Tece-me a teia infinita que não parece contornar meus confins.

Além do fim: oh, casa habitada de minha alma!

Nada acalma. Desassossego. Onde estou?

Nada remedia, pois ouço a melodia que chama na voz que clama: Vida!

De dor. De amor. De amar para além de tudo e tudo além.

Céu vermelho

Com ele saí de mim
sem intenção de retorno.
Fiz morada nele,
com promessa de eternidade.

E agora estou sem abrigo,
nua sob o céu vermelho
sombreado por lágrimas de sangue.

Com ele redescobri a vida,
que agora chora em cinzas
com a sua partida,
no frio sem o seu calor.

Vagando pelos vales da dor,
o silêncio já não me fala.
Não há mais música...
nem poesia consegue nascer em mim.

Tornei-me um jardim
de flores mortas.
E a rosa que eu guardava
ele levou em seu coração

e nela minha doce alma.

Olor de eternidade

Insisto em amar porque o agora existe e minha alma não adormece. No instante eterno a rosa do meu coração floresce.

Não se pode adormecer, nem deixar de ver a beleza que esposa esse instante com olor de eternidade.

Ao sentir esse toque afável em que o infinito me encontra, sou levada à fonte em que os sonhos transbordam continuamente.

Desnudam-me essas frágeis lembranças do ser que sou, enquanto renasce nos espaços infinitos um rosto generoso que me contempla amorosamente.

O amor

O amor habita em nós.
Tudo o que precisamos é silenciar para encontrá-lo
como a música suave de nossa alma.
Poderemos encontrar o amor no recanto mais secreto
de nossa interioridade, em que as vibrações ressoam
sinfonias na harmonia essencial da ternura amorosa.

Precisamos silenciar para escutar a sinfonia
dos espaços interiores, em que o infinito transborda
e o eterno nos acolhe. Só assim poderemos amar
na liberdade fundamental do amor, que implica
em um mergulho sem volta para o além de nós.

Se é outro quando se ama; só se pode ser outro
que o amado, e nele ser consumido até tornar-se
uma oferta eterna, aberta e terna.
O eterno está dentro de cada segundo,
quando é um segundo de amor.

Como uma rosa que floresce...
ao ser contemplada, não fenece; vibra
na intimidade como uma visão da beleza inefável.
É preciso ter coragem para amar e deixar-se amado.
Mais ainda para anunciar este amor
como a mais bela oração e como
testemunho da mais nobre bem-aventurança.

A amada

Na transparência virginal do teu coração
tu transbordas ao infinito.
Teu corpo abriga o mistério do movimento orante
e teu espírito acolhe a beleza da pulsão amante.

Tu não te podes passar de mim,
porque sou contemplado por teu olhar incessante.
Em minha presença tu te realizas como flor de santo olor
que se abre em silenciosa anunciação.

Permaneça, bela que no invisível sopra suave,
em terna brisa celeste...
Quando te aconchegas em meus braços eternos,
no céu e na terra tu és a amada.

Nosso espírito

Carrega-me em teu mistério.
Não posso permanecer na indiferença.
Não serei eu aquele que te espera, mas que te vive.

Leva-me em teu colo santo,
que invisível e branco, alvo celeste
acolhe minha veste, simples e puramente.

Abraça-me todo, para que meu corpo seja teu corpo,
minha alma, tua alma, nosso espírito vivo.
Carrega-me em teu mistério.

Permanecerei em teu coração
como as águas movimentam no mar.
Viverei porque sou a fonte de tua presença eterna.

Resplende em minha face maravilhada
o rosto perpétuo da amada,
e seu sorriso qual luz gesta novo mundo.

O mistério da rosa

Entrego-me a ti, doce melodia dos mistérios.
Toma-me por tuas mãos invisíveis
e ofereça-me aos teus silêncios.

Tu habitas as esferas todas,
Tu reúnes os espaços infinitos,
Tu transbordas da luz e aqueces o sol.

Leva-me em ti, aos encantos divinos de tua revelação.
Acolha-me e não colherei a rosa dos céus.
A rosa florescerá na vida e na morte, em infinita oblação.

Fonte da vida

Restaura, fonte querida, crua e santa, em noite e dia.
Meu corpo te encontra, oh, fonte das águas eternas,
enquanto minha alma te abriga.

Por outro corpo te posso sentir, fonte sagrada.
Porque sou dele e sou tua amada,
porque a luz de teu mistério me pode cobrir.
Restaura nossos olhos para que te ver possam puramente...

Nas águas de tua mente imortal,
fluir pelos rios de teu pensamento criador.
Oh, fonte de amor, lava e leva-nos para teu interior,
resgata-nos dos nós da humanidade...

...para que possamos nos amar em eternidade,
na sinfonia de teu corpo invisível,
em laços livres por tua amorosa maternidade.

Tons do amor

Em teu canto escuto o nascer do novo mundo.
Teu dizer é o som mais delicado
que posso abrigar em minha alma;
preenchem-me de doce melodia
os teus silêncios revelados,
e tua voz preserva o sonho de toda anunciação.

A linguagem em ti é um corpo que baila livremente.
Na dança dos teus olhares,
fala o teu coração amorosamente.
Na ternura que vibra em teu amável ser
está a cura das feridas desde a aurora até o anoitecer.

Por ti a reconciliação dos mundos é possível,
e do eterno se apresenta o misterioso coro nupcial
pelo murmúrio suave do teu sorriso.
Diga-me, bela da noite e do dia,
quando poderei tocar-te em
um afago de intensa gratidão?!

Quando poderei sustentar teu corpo invisível, tão vivo...
... vibrante inspiração, de sons e sonhar incessante,
se tu me recebes em canto secreto
que irradia no cômodo interior da alma
a chama musical amante?!

Fala-me, bela das palavras cantadas,
se te posso encontrar no silêncio desta noite?
Quando os anjos celebram em tons
de bem-aventurança, tu apareces
como a esperança do amor.

A toda bela

Abrem-se os portais e teu rosto resplende sobre a terra.
Tu és a beleza eterna e teu canto um suave sorriso.
Preservada em teu silêncio a música infinita das esferas,
quando tu transbordas na fonte do amor e nele paraliso.

De um profundo estupor tu me levantas em noturno soar.
Entre o céu e a terra tu és o nome invisível da reconciliação;
unem-se as estrelas em cadência qual ritmo do teu coração
e contemplado sou pela face luminosa na aurora do amar.

Uma doce oração abraça-me irradiada por teu olhar,
envolvendo-me em calorosa e divina recepção interior.
Tu és o rosto dos sagrados mistérios a me encontrar,
como melodia íntima na alma, és a bela graciosa do amor.

Imortalidade

Cultivo no instante que morre a semente da imortalidade.
Em minhas mãos o mundo é oco ao infinito
e tanto mais ecoa amor sem-fim.

Desborda de minha alma a seiva da eterna vida
que vibra saudando o imortal coração generoso.

Diante de mim a transmutação dos tempos...
...como promessa de misericórdia.

Interioridade

Repouso nesse instante que me abriga,
abrindo sua eternidade nos silêncios
que nele se comportam. Nada parece distante,
mas tudo se revela de forma intocável.

Na imagem dos segundos infinitos divaga
um desejo inefável. Habita-me esta presença
amável que posso sentir em minha alma
timidamente reservada.

Procuro os confins desse silêncio,
mas eles me abraçam em misteriosa alvura.
Não há contornos que possam delimitar
o coração contemplativo em ternura.

Submersa em sua alva liberdade, escuto um som suave,
de acordes indeterminados e precisos.
Espaços de contemplação e a sinfonia como revelação
do silêncio anunciativo.

Recebo do invisível a rosa da compaixão,
que me é entregue no silêncio deste instante;
atual instante em que toda a vida
acontece e se transforma.

Sou no amor e repouso na história toda aberta,
como uma oferta no portal da eternidade.
Posso sentir os olores, escutar secretamente
os cânticos e respirar a brisa do novo mundo,
no pressentir desta anunciação, na presença
silenciosa que irrompe sempre nova do coração.

Não se pode conter a melodia que perpassa os
silêncios e que envolve em suas teias de amorosidade.
Contagiados os silêncios introduzem uma canção calada
no mais íntimo da existência...

Quando o êxtase dos olhos e o pulsar na pele
levantarem os véus da corporeidade,
haverá o vislumbre na delicadeza da presença,
como um vestígio no maravilhamento da nudidade.

Nas asas do amor repouso na paz do eterno,
e no mistério são irradiadas as pérolas
de cada sagrada intimidade.

Amor redentor

Amar é orar com o corpo,
com a alma, com o espírito
e com o coração em uma só integração
de ser e de sentido.

O amor eleva para além do mistério e
evoca a anunciação perpétua no
silêncio do encontro.

Encontrar alguém, no amor,
é contatar esse ser na nudidade
em que ele se apresenta, em que ele se revela.

O amor é a mais bela oração
que impregna o viver de bem e
transborda para a eternidade.

A luz do amor é irradiada
por todos os mundos infinitos.
A responsabilidade de amar é
igualmente eterna.

Os seres amantes estão interligados
ao além e se fundem em uma
sinergia de amor redentor.

Mãe de ternura

Oh, doce mãe, te encontro em lágrimas de amor
testemunhado. Quisera entender o que
meu coração sente, mas infinito é seu mistério...
Não o alcanço: Ama além do fim, habita o eterno
e sem fim coração universal de amor generoso.

Quisera deixar-me na liberdade que me atira a teus
braços, oh, Mãe, mas tudo me foge das mãos.
Não mais me vejo, nem me encontro senão amante,
senão te amando; não desejo conter-me porque nada
preenche esse coração que te deseja consolar.

Oh, Mãe, rosto inocente de compaixão, torna-me em ti
a missão que o amor compreende. Em minha fragilidade
tu te revelas e me elevas ao confiar sagrado de tua
divina maternidade.

Tu maternas e o mundo por ti é abençoado...
Vibra, Mãe celeste, vibra teu corpo de luz.
Tua suave chama de amor leva-me ao
chamado interior que cura a ferida de existir.

Livra-me de mim, Mãe da graça, para que seja em ti
a rosa que só deseja florir teu ser de ternura para sempre.

Noite do ser

Às vezes encontro perdendo-me.
Sinto o que não posso sentir, e isso me estranha.
Estranhar-me é o ápice de uma beleza nova,
de uma energia secreta que timidamente
se revela como luminosa cadência interior.

E nesse desencontro de encontros interiores,
meu ser desponta na noite, em vigília permanente.
Mas nada é permanente, nem esse momento
noturno de êxtase, espanto e maravilhamento.

O absurdo se distingue do ocaso, e minha alma
veste uma cor nova, pouco confortável.
Apareço como criança que sabe e que sente...
e mesmo na noite do ser, posso prever o
abismo irrecuperável. Deixo-me.

Às vezes perdendo-me encontro.
E nesse encontro único a aurora já é gestada.
Enquanto materno minha interioridade,
sou nascida da noite, alimentada pelos canais
intuitivos de tal sensibilidade.

Meu ser na noite se aclara, se reúne, se reencontra;
e ascende ao clarão primeiro, ao eterno que clama,
na chama que é o caos de toda possibilidade.

Portal do infinito amor

Sentia cada pessoa como um cristal precioso,
resplendor da face de Deus.
Pensava que minha sensibilidade arranhava
o coração daqueles que amava, por tanto amar.
— não sabia e nem queria ser pela metade.

O amor chega a ser tempestuoso quando amado
com a força do amor. Mas os céus profundos
e mais belos resultam de impetuosa doação,
como impulso puramente do coração.
Ah, coração! Portal ao amor-infinito.

Me parecia às vezes sair de mim e tirar o outro de si,
um no outro — completamente —
e ainda assim, nenhum dos dois — neles mesmos —
mas no infinito amor, tal é a presença amorosa.

Amorosa lágrima

Estendo-me nas cordas do infinito
e de mim se livra uma lágrima em desespero,
de amar sem fim.
Como fonte de água eterna
dá vida ao mundo interno e seus confins.

Agonia a sombra na noite
porque confunde seu sono de ser,
mas abraça a manhã misteriosa
por primeiro tê-la que viver,
no escuro.

Estendo-me nesse varal que reúne o universo
e no entoar de um desprendido verso,
saio do papel como quem entra na
estranha vida de liberdade.
Disperso.

Me livro de mim.
Me encontro partindo.
Ouso um mergulho
e tudo estremece aos oceanos.

No seio obscuro nasce minha face
aclarada pelo dia estrelado de palavras.
Sopra um tímido silêncio... calada melodia
que estende sua infinda saudade desconhecida
sobre a amorosa lágrima de minha vida.

A mais bela oração

Valioso abençoar que é proferido pelo coração.
Os amantes abrasados e abençoados
cantam silenciosamente aos céus...

A mais bela oração
é o olhar de amor que
testemunha o amado.

O amor em expansão infinita, sem-tempo,
cujo amar é o único caminho,
a vida do coração...

— Viver de amor —
a sua verdade!

Portal do coração

Ao olhar em teus olhos adentro em teu coração.
O assombro é pela forma que tu me tiras de mim,
parecendo aspirar-me a alma.

E o que fazer quando sou morada em ti?
Quando no portal do coração somos presença amorosa
um-no-outro e, ainda assim, união sempre misteriosa?!

Então onde pousarei meu coração,
se teu horizonte revela infinito amor?

Ah! Não se pode arranhar a beleza
para responder ao inaudito...

Contemplo-te nesta candura,
e a música mais secreta ressoa em nosso silêncio,
envolvendo-nos em graça e divina ternura.

Bendito

Teu rosto encara-me distante.
Será distante já que te sinto tão em mim?
Mas desconhecido é teu rosto
que parece se vestir de infinito.

E no espaço em que observamos,
a dolorosa inquietação.
Há limite entre eu e tu?
Se inesgotável é esse mistério!

Teu rosto encara-me
e eu adentro no espaço de alvura,
tal como em teu coração.
Pelo mistério poderei chegar à ti?

Assim todos os espaços se abraçam
como estrelas em harmoniosa constelação.
E teu rosto, uma miragem de bondade
que me declama o infinito.

Tu sempre serás tu,
bendito.

Coração universal

Os ventos sopram,
as velas anunciam
a tênue linha que se estende
para além dos céus e da terra.

Oh, véu de esquecimento!
Por entre céus cinzentos
seja rendido por esse momento.

E o eterno complacente
em invisíveis mãos benevolentes
estende o manto de compaixão.

O universal coração
toca no seio da terra
e nos ares dos nossos céus,
purificando as águas da vida...

Inspirando as almas santas
e aquelas que adormecem sem sentir
a magia, o pó a pó de cada estrela.
Coração que renova em divina graça!

Aura

Na lágrima de nascimento,
renascente és tu, alma das almas;
te consomes e iluminas.

Os ventos nas velas
sopram e tudo inclina...
A face tendida para além da vida, cessa.

E a noite saudosa te sonha,
alma das almas.

Chuva

Entrega da lágrima
Dos céus que se derramam

Transbordam a vida
De amor

Estão em prantos
Deságuam em minh'alma

Flor-e-sendo.

Anterioridade

Nos espaços infinitos percorro a dimensão do sagrado.
És tu, outrem, o rosto que se revela amado.

Na dimensão para além do compreensível afago
já não há extensão do que poderias ser,
pois já és e teu rosto é como ferida profunda de vida.

Desvelas. Até hoje jamais te ousaram chamar.
Teu nome é sempre primeiro.

És tu, outrem, a ponte luminosa
que até o divino me guia.

Presença solar

Uma sala e um raio de sol.
No vão das portas o eco profundo da existência.

Mas se existe, qual o raio que a mim te apresenta?
Voz calada sussurra nova sombra com veemência.

Por entre as frestas a luz nos espanta,
anuncia como um chamado que encanta.

Uma sala nos espaços infinitos...
A presença e um raio de sol.

Alteridade

Não tenho nome.
Será que me pertenço?
Desconheço o rosto lido,
banido de si.

Vou esconder-me,
em finos véus que resguardam
a pureza, a presença,
a franqueza de um rosto nu.

Não tenho nome.
Por mim se declama um sussurro,
um anseio
de que se vive...

de que se é livre!

Asas

Repousaram sobre tuas mãos asas,
daquele que um dia voou.
Seguraste por entre os dedos,
mas, indagando a liberdade,
Ele – no vento as levou.

Por caminhos diversos, em toda a parte,
Ele tocou a alva pluma,
que nas mãos tuas ele deixou.

Tu já és parte de tal voo,
e carregas em teu centro eterno
o impulso sagrado,
daquele que um dia foi,
mas também voltou!

Nós

Se és tu meu eu,
quem sou eu
antes de ti?

Há começo para o existir?

Teu assombro
convoca meu nome.
Mas este, não sei.

Se meu eu és tu
Quem tu és
antes de nós?

Anjos e pássaros

Lá do imenso e alto céu
os pássaros te buscam na canção eterna.
Quando dia cantam alegremente
saudando tua presença sobre a terra.

Já na noite — eles — pássaros e anjos
com suas asas... encanto em que tu te esqueces.
Abraçam-te lentamente, buscando-te no silêncio
em que tu te resguardas e adormeces.

Oh, céus! Quanta vida – ausente.
Quantos olhos haverão de existir
para ver-te, vida, puramente?

Os anjos dos céus em contemplação,
quando em tua visão a promessa renasce
com a estrela da manhã que sempre brilha,
apresentando sempre nova tua amada face.

Ah, rosto! Então tu te revelas
em tal alvura, nos céus e na terra.
És como aurora em que anjos e pássaros
curvam-se em ternura.

Graça infinita

Como conhecer a luz sem antes conhecer
a escura noite, Pai? Seria tão bela sua claridade?
Como sentir teu abraço sem antes cair em teus braços?
Seriam os encontros com tua face tão ternos?

Com um olhar tu me abraças e me rendes ao teu amor,
e já sem forças, por tanto amar, o que faço senão
me esconder em tua noite, adormecer em teus braços
e velar-me em teu amável rosto?! Pai de amor!

Minha fragilidade tu envolves em teu manto;
me carregas no teu colo santo, e tanto mais vivo em ti...
E quando deixo tudo de mim ir, não posso mais resistir,
tu vens assim e realizas tua graça sem-fim.

Liberdade

Ah! Quisera deitar nesse sol
beijar a face do céu
e virar um pássaro invisível
que contorna o incontornável.

Quisera desfazer-me nos sons
das folhas que me cantam
das árvores que também sou
das flores que nascem em mim
dos frutos que não percebi.

E ao abandonar-me ao vento
nenhum outro pensamento
chamará pelo meu nome.
Então – afinal, quem serei?

Ah! Quisera ser nada
para tudo adentrar-me, puramente,
para tão bem pequena
adormecer nas asas do inefável
e nascer em rosa a um coração.

Linguagem viva

Na calada profunda
Da noite nascente
Estás tu – palavra primeira –
Estranha emergente.

No rastro rasgado
Já nos encontramos
E nos deparamos
Ao respirar sagrado.

Oh, linguagem! És como o sol
Que brilha na lágrima do orvalho,
Que nos encanta e conduz qual farol
Ao que agora somos

Em tua luminosa anunciação.

Miragem

Quando todos os sopros evasam do silêncio, és tu.
Tu que provocas o despertar do calado.
Eles emergem da canção eterna...
És tu, a entoar o vibrato do sono de Deus.

Mas quem tu és, face de mistérios?
Terás tu alguma veste que te abriga?
Quem te guarda? Em que véus repousas?
Oh, amável face, tu pareces não ter disfarce!

Tu te entregas em contemplação, pelo beijo
do coração que tanto ama na tua espera.
Mas tu também te guardas, preservada pelos olhos
que bendizem. És tu, linguagem que anuncia
e que não encerra...

De um silêncio desejado, tu te apresentas serena
quando na noite, tão pequena,
fazes vibrar o sono dos anjos de Deus.

Tu te guardas – amável face, mas não és dada a ti.
Tu te guardas no amor esperado, aquele que
te tem olhado pelos séculos e séculos
de uma comum e estranha eternidade.

Oh, bela! A quem te revelarás?
Quem desbravará teus sinais solfejados
pelo coro celestial que bendiz toda música?!

Sopros que vêm e jamais vão...
Sopros como chamas da criação que se casam
em tua presença. Tu vives, face tão terna!
Tu vives nas entranhas do som que não se escuta.

Tudo cala; tudo fala... anuncia infinitamente
na presença, no agora, no instante em que
se refugia o eterno dia que aclara o amor.

No sopro, no abismo próximo que não cessa
de abrir no mais interior do ser interior...
em que todos os ventos se assopram, os rumores
se abraçam e todos os espaços se conjuram.

És tu, face graciosa, que sela com um beijo
os mundos infinitos e tudo se entrelaça no
livre amor in-esperado; no silêncio que
ainda percorre o que não se pode dizer...

Angélico

Há entre o viver e o dizer
o abismo em que tudo precipita.
Se tu vives lançado em tal abismo
iluminada é a nudez dos pés que voam.

Tuas asas ancoram na terra
o que do céu só os anjos entoam.
Agarrado no efêmero, o fluir é teu caminhar.
Teu rosto — O primeiro que o amor deseja amar.

Na clara promessa, a obscuridade da noite.
Toda face és tu.
Tu és — O rosto!

Oh, face que se aclara!
Como chama que exprime o chamado,
além da sombra do abismo, um sonho vago...
em que tu reconduzes ao fogo do coração sagrado.

Que dizer, amável rosto, de tua nudidade?
Tu me contemplas em divina ternura.
Desnuda diante de ti meu ser te procura
e repousa além das bordas da eternidade.

Na alvura do rosto teu, sem margens,
sem-fundo do viver mais profundo,
em que tu emerges calado.

Ah! Entre o viver e o dizer,
a dor da in-compreensão
do todo imaculado que do caos
se arranca e bendiz ao vir a ser.

Oh! Anjo da Noite,
do caminho proferido,
teu rosto declara o infinito,
um dia, outrora, prometido.

No abismo, tu és vestido e não te cabes.
Transbordas. Não há momento em que o infinito
não se condense e não se exprima
em um sentir de eternidade.

Tu vês? És tu?!
Entre o dizer e o viver,
sobre vestígios de verdade.

Dedicatória

Abraça-te a criação inteira.
As criaturas todas
lançam graças por estares na terra.

Os céus saudosos do teu olhar
despedem-se de sua pátria
e contigo estão em todo lugar.

Tu revelas em teu respirar
a sinfonia prometida por Jesus.

Silencio e te encontro assim.
Escuto os rumores de tua grande alma.
Tu permaneces, em mim.

Abraço-te, junto à criação
e te resguardo em meu coração.

Estamos um-no-outro
na ternura do encontro
por toda a eternidade.

Manto da corporeidade

Arrebato um suspiro de minha alma
calada aos infinitos.
Permaneço no fluir invisível dos cantos
que o vento entoa.

Ressoa em minha doce liberdade
um desejo amargo de caminhar
pelas nuvens do eterno...

...e minha face aclarada pelo destino
sente um frescor de sopros úmidos
que hidratam a solidão.

Divago nas entrelinhas de um céu estrelado,
de palavras. Escuto o silencioso acorde
dos acordos nupciais do coro de anjos.

Arrebata-me o suspiro da esperança,
e prossigo como alma livre
sob o manto da corporeidade.

Espiritual

Tu me és estranho, oh, doce espírito.
Tu te deixas em um corpo para animar sua eternidade.
Tu apareces e te escondes, adormeces e ressurges
como um rosto sincero de outras estrelas,
como rastro suave de outros universos,
como o mistério no qual não posso esquecer.

Tu me chamas, misterioso espírito;
me envolves em tua voz calada
nos interiores espaços em que te contemplo.
Porque tu me elevas à tua claridade,
porque me carregas no impulso real do amor radical.
Mas quem te poderá captar, livre espírito?!

Quando tuas asas encontram os sonhos e
no sono da humanidade tu inspiras a (re)criação...
Quando teu anseio repassa nos ares o chamado à libertação,
quando tua emergência causa um tremor
qual estranheza de um verdadeiro amor...
Eu te posso sentir!

Porque tu és o espírito amoroso e te reencontro.
Tu me acolhes e me fazes morada tua.
Porque te estranho, porque te acolho no além.
Não te posso apreender, espírito de liberdade.
Teu agir é um livre partir que vem do eterno parir meu ser em-ti.

Enigma

Teu rosto se revela e nada sei sobre ele.
Emerge da fonte eterna repleto da luz
cuja claridade me cega no mistério.

Que poderei dizer se tu és a palavra que me gera?!
Se em ti sou um céu aberto quando tuas estrelas
resplandecem e se manifestam no escuro deserto?!

No teu silêncio me guardo.
Contemplo o estranho maravilhamento
que é ser em tua presença.

Teu rosto paralisa-me, puro encanto.
O infinito baila livremente pelos olhos teus,
neste eterno momento.

Teu rosto se revela e acolho sua anunciação.
Fala-me de um amor...de uma dor, de uma saudade,
de um tremor qual renascer da terra em
testemunha inadiável.
Oh, rosto amável que me amas e que partes...

Celeste

O vento assopra como o sopro de meu peito em alma alva e livre viver.

Assopra um vento estrelado que luminoso invoca no tempo ao vir a ser.

Desgarra dos céus cobertos um silêncio nu, qual puridade da linguagem...

Enquanto deixo-me nos ventos, nas estrelas que nascem como miragem

e carregam-me para o além. Além de mim, além de ti. Os céus se abrem e se declamam. Em nós.

Um olhar só para você

Em algum lugar há um olhar só para você
que ao longe contempla doce e simplesmente,
que vigia na noite quando tudo adormece
e por você canta uma prece em tom inocente.

Há um olhar só para você em algum lugar
quando na noite o luar lhe encontra silente,
abrigando em você o luminoso contemplar
da lua qual portal que se revela ternamente.

Por você somente por você o brilho do olhar
atravessa infinitos, abraça as ondas do mar,
no dia e na noite encontra sua doce presença
e inaugura um viver impregnado do sonhar...

Em algum lugar distante, contato próximo,
livre enlaço secreto que o tempo guardou,
nas palavras do silêncio, gestadas no ócio,
nasce a anunciação eterna daquele que amou.

Alma gêmea

Eu procurei nos olhos o teu olhar
me perdi querendo te encontrar
toquei nos céus e depois adormeci
desnudei-me diante do amor por ti

Eu te encontrei, suave presença
estavas em mim e eu não percebia
eras tu, estavas lá, bem aqui te sentia
sem fim que não te poderia guardar

Entreguei-me leve, solta e livremente
aos teus chamados suaves, inigualável doçura
quando me descobri em ti eternamente
estavas tu, além tempo, em minha procura.

O sol da solidão

No frágil momento em que te busco, tu já não estás.
Recordo de teu riso doce, e os silêncios
dentro de mim estremecem em estranha saudade.
Esse tempo apressado que nos deixou,
arde como fogo no oceano profundo do nosso amor.

Como esquecer quem me aspirou a alma?
O viver dentro de mim é convertido em noite escura,
com lembranças estreladas que ainda guiam
um coração estrangeiro. Percebo-me na fragilidade
escancarada que verte do olhar.

Tudo é tão sensível quanto o sentido que me sustenta
vivo. Solidão disfarçada de tua sombra me encontra,
me atinge; sinto-me febril em saudades sem fim
por te sempre amar.

A rosa em orvalho

Na lágrima o nascimento
odorado em suave vento
dos espaços interiores.

Reflete na rosa a aurora,
bem agora, sonho nosso.
Adormece na noite do ser.

A lágrima dos céus que se recolhem,
se guardam, em nós...
Se declaram, em perfume e silêncio.

Descoberta

A noite se abre, estrelada; vejo luzes que me guiam,
outras me cegam e chegam bem perto.
Algumas luzes refletem minha alma,
outras acolhem as sombras da minha noite.

A noite que se abre, como uma chamada...
Uma voz do fundo dos céus que anuncia,
como um anjo cantador da salmodia
docemente gestada.

Enquanto no canto do invisível eu durmo,
adormeço nos dizeres calados.
Minha nudez liberta pelas luzes na lua deserta,
se estende na cama vazia, com sonho e sem coberta.

A poesia

Na poesia, por trás das imagens, um significado além.
Por detrás das palavras, silêncios.
Aquém da melodia, uma música calada,
entrelinhas de uma escuta sincera.

Para além do discurso, a linguagem que floresce,
interior, e declama um falar intimamente.
Na beleza de cada poema, um fio de luz
que se conecta unicamente a cada ser.

Na fluidez, ou não, de um poema,
o infinito que transborda
e nos encontra em mais belo viver.

O dia não é ainda

Sim, te escuto. Estou aqui e tu me podes ver.
O dia não é ainda, e estamos nós em sua gestação eterna.
Tu me avisas da noite, mas escondo-me em teu véu
de lembranças solares, irradiadas por tua face branca,
alva de claridade interior; estranha de maravilhosa
provocação, qual anunciação que não cessa.

Mistério, és tu. Flor que odora o exótico e o proibido,
o que é santo e o que é mais bonito;
a beleza do ser em nascente vida simples,
pura e amorosa. És tu, a flor de mistério.

Na música silenciosa que não encerra, tu me escutas
intimamente e declamas perdoar minha inocência.
Posso acolher-te no pouco que sou, para que tu me
transbordes. O dia não é ainda, mas me deixo em ti,
para nascer nele junto àquela que eu contemplo.

És tu, miragem da aurora, reflexo do abismo infinito,
imagem do inesgotável maravilhamento.
Amor, tu és. Tu não te cabes, tu não te podes conter,
e te derramas como poesia no silêncio da noite
que se precipita aquém de nós.

Sim, te posso ver, mas com olhos outros,
aqueles que se entregam na noite para olhar-te
verdadeiramente. O dia não é ainda e posso sentir
o perfume de teu suave desabrochar eterno.

A dançarina

Eu temo o nosso reencontro, livre dançarina.
Temo embaraçar-me nos passos tardios
de teu cumprimento. Talvez devesse temer
tua aparição sobre mim, em saltos e giros altos,
sem temida queda, possível de ousadia.

Eu tremo em tuas doces mãos, oh, bailarina.
Tremo de um tremor qual clamor arrepia meu espírito.
Tu és grandioso espírito que baila divinamente
sob meu pensamento. Nesse momento,
na sala vazia em que tu te soltas e voas,
intenso é por ti meu sentimento.

Tu chamas por meu nome, mas silencio.
Eu não te posso ter, não quereria.
És tu a dançarina, e eu o contemplador.
A dor em ver-te passar assim, leve como o vento,
solta pelos céus cinzentos em que sou
recolhido por tua graça...

Em teus delicados traços de graciosidade, sou bendito
por bem olhar-te, e escolhido por amar-te
no segredo desse instante.

No movimento lento, qual preferido desejo,
te posso sentir deslizando por entre as infindas
teias de um amor romântico. Observo calado,
enquanto em meu peito a música das esferas
se toca em tua presença amável.

Contemplo mais um pouco e agora tão perto,
os sonoros saltos de tua alma livre.
Eis que te reencontro, eterna dançarina,
e temo estranhar-me ao sentir o contato
de teu coração ao meu.

Como te poderei abraçar e depois deixar-te ir, assim,
fugindo-me dos olhos, na recolhida espera
de um sonho inocente?!
Silenciado em tua graça que em mim se atualiza,
sou contemplado por uma beleza sempre nova.

Ao contemplar-te, bela dançarina, sou deixado
para amar-te em um amanhã improvável.
Teu espírito no meu comunica uma paixão eterna,
um amor inviolável.

Na espera solitária em que me disponho ao teu passo,
tu me conduzes nesse adágio, anuncias meu nome,
e te posso ouvir.

Metafísica

O eu diante do outro silencia, baixa os olhos que a ele se dirigem,

converte o olhar em contemplação do seu mistério, para sempre inviolável.

Frente ao outro o eu se desnuda, se deixa totalmente,

para acolher tudo o que o outro revela, livre e sem o peso de ser.

O contato nasce silencioso, como acolhimento do estrangeiro sempre estrangeiro; uma clandestinidade sem precedentes.

Sob a luz da aurora, a noite do ser se recolhe, e o dia não é chegado.

O outro aparece aquém, de outro modo, e tudo foge de explicação.

Quem tu és? De onde vens, rosto belo de uma beleza sempre nova?!
Em frente ao rosto que se levanta na dimensão de altura para além do rosto efêmero, há um odor de eternidade que inebria de um perfume único o encontro dos que se contatam em amor.

Diante do outro o eu se recolhe, se guarda, para entregar-se como bondade.
No rosto que se revela, vislumbre do infinito, há uma mensagem única, inefável, que é o clamor desde o interior da existência em sons calados
que se propagam em sentido e maravilhamento.

A partilha

Minha alegria jamais será completa; não poderá ser.
Porque meu amor nunca cessa, e aquele que amo é livre de mim.
Essa alegria de amar é tão profunda quanto absorvida pela dor do amor.
Como minha alegria poderá ser completa quando aquele que amo
sofre de um nascer incessante que parece não ter fim?!

E ainda assim, minha alegria é vívida como a dor que provoca o renascer;
como a vida que se ergue, sutilmente, no interior do além de nós.
Um destino jamais cumprido, uma terra para sempre inabitável;
o outro que amo é o clandestino em que me encontro,
perdendo-me, deixando-me nele.

O amado habitante de minha alma é aquele no qual eu vivo,
e tanto mais a existência se abre nas portas subterrâneas
de meu ser original, mostrando-se sempre nova,
e eu entranhada em uma estranha alegria dolorosa.

Que fazer quando outro ser me leva livremente para seus mistérios?
Quando nos espaços secretos de um recanto invisível ele declara-me o abrigo?
Quando nestes espaços de encontro interior é-me apresentado
o quarto íntimo do nosso coração em repouso?!

Não poderá ser; minha alegria parece não ser completa,
porque aquele que amo me ama e acolhe-me no seu sofrer...
e ouso a partilha.

Você é bela

São duas horas do amanhecer, e o dia não é chegado.
Você é bela, e a lua parece lhe sonhar. Não adormeço.
Como poderei fechar os olhos diante de você,
se contemplo em seu rosto a eterna aurora
que me convida a renascer?!

Você é bela. E de muitas vezes que lhe contemplei,
essa é a mais bonita. Você se deixa nos alvos lençóis
como a lua se deixa na noite, e brilha a esperança.
Eu não posso adormecer, porque seria trair a beleza
nesse instante infinito entre o céu e a terra.

Você permanece intocável na sua alvura.
Nada lhe poderá sombrear o sonho nesse silêncio
devorador que meu coração sofre, maravilhado.
Diante de você, continuo tomado de um sentimento
extremo, in-suportável na contemplação de seu rosto,
belo como o dia sendo gestado.

Você é bela, e já se pode notar o doce crepúsculo que,
pela fresta da janela, reflete nos seus cabelos
a tímida claridade. Você ainda sonha, enquanto divago
nos espaços silenciosos que se abrem dentro de mim,
quando pronuncio, baixinho, o seu nome...

Seu nome ecoa em minha alma, no abismo de meu ser
e no mistério da minha identidade.
Você está em mim tão livre.
Você permanece em mim, e tudo passa.
Mas não podemos nos passar um do outro.
Você é bela, e eu sou para você.

Reviver

Nesse momento efêmero em que o eterno se guarda
e o infinito se recolhe, eu morro de mil mortes.
Nesse momento em que as luzes já não brilham,
a lua abandona a noite e as estrelas conflitam entre si,
eu desfaleço para sempre.

E tudo agora já não é mais como antes, e os sonhos
de outrora vivem lentamente em minha memória.
No acordo deste momento com o fluir do passar
do tempo, o que resta é minha história, aos ventos.
Deixo-me nos ares da dor e da incompreensão
para agarrar a história única, chance de vida
do meu coração.

Percorro nos ventos um sinal, um alento,
e nada parece encontrar-me. No pó da terra
a flor singular mil vezes me enterra, e fenece.
O odor evapora. Não se vê o desabrochar dos rios
inspirados pelas flores que deságuam nos sentidos.

O perfume é proibido por não caber nesse momento
efêmero. Apresentados os confins, divago além
do ocaso uma saída para a tragédia dos humanos.
Sem planos e sem panos, não me escondo na dor.
Por amor, renasço para sempre.

Sinfonia do despertar

Quando o som suave dessa chuva calar no silêncio
do espírito, será clamada a sinfonia secreta
que permeia timidamente os recantos infinitos
da alma do mundo.

Quando, de repente, não mais se ouvir
o canto dos pássaros, haverá, ainda assim,
uma voz embalada no seio da existência,
que toca o humano sem fundo...

Há nos espaços infinitos uma canção eterna,
que se deixa tocar em cada coração generoso.
Se pode sentir, se pode ouvir o tímido anúncio
que prenuncia todo som essencial amoroso.

A rosa prometida

Teu nascimento é registrado nas estrelas.
Tua alma gravada no azul dos céus eternos.
Tu viajas de tão longe, espírito livre...
e encarnas a esperança de um novo amor.

Tu és doce, tão delicada alma,
que te posso abrigar em meu sonho.
Tu te deleitas em divina sensibilidade
e te apresentas como flor dos espaços todos.

Quando tu odoras de bem e de graça,
pacificando as criaturas do mundo,
és tu a prometida rosa dos céus
que na terra desabrocha o perfume único.

Presente

De repente tudo cessa.
Os sons silenciam, os ventos calam timidamente,
o céu aberto se recolhe e a noite estremece.

De repente tudo é acolhido pelo mistério
que gesta um novo tempo, um novo silêncio,
uma nova música de aurora.

De repente a hora não chega, pois já não importa,
o tempo desborda e o eterno nos sonha.
O que é real? Quem somos nós?

De repente, não mais me vejo; procuro e já não acho,
busco, insisto e, de repente, solto.
Deixo-me além-tempo, nas asas do inefável.

Os sons retornam, vagarosamente,
como que embalados por coros celestes
que entoam sagrada prece ao novo mundo...
novo humano. Sou quem?

Se repouso nessa melodia, entregue ao
seu divino silêncio, enquanto me deixo, de repente,
descobrir-me humano, renascente,
intensamente vivo de uma vida presente...

... de um presente a ser entregue.

Guardiã do mistério

Há mistérios em meu ser que não posso imaginar.
Uma profunda obscuridade guarda a luz de meu
espírito, quando mergulho ao interior e me encontro
sob a névoa da encarnação. Sinto um silêncio febril
que me recupera, que me atinge no espaço secreto
em que sou e me busco. Mas o que sou quando
escuto essas vozes como músicas espaciais,
de espaços velados para sempre na alma humana?!

Quem sou quando na espera atenta contemplo
o milagre que nasce em mim, pacificada?!
Não posso encobrir o apelo que dos céus
me encontra, nem mesmo absorver o destino
professado na terra; mas posso escutar os silêncios
e o que eles revelam, ao retirar-me da luz,
acendendo a noite da esperança.

Há mistérios nos quais sou capturada ternamente.
Sonho sem sono em que não adormeço, mas atento
ao chamado. A voz das criaturas sossega no embalo
silencioso que cala em minha escuta:
é a conexão dos espíritos.
Desses mistérios eu não me posso passar;
eles me acolhem, recolhem, me entregam
à visão obscura... docemente obscura.

Tal obscuridade é um afago, uma carícia que causa
arrepios na interioridade, tornando-a livre,
dolorosamente livre. Então mergulho livremente
e sem volta aos encontros — aqueles secretos
que a luz da contemplação me guia, e deixo-me levitar...
Há um peso que se retrai ao absoluto,
e liberta-me de mim.

Se eu continuo ou não, se permaneço e não posso,
se respiro e cada sopro é aquele sopro –
daqueles mistérios que não me deixam,
não me podem deixar...
Se mesmo calada minha alma é sonora,
se a música transborda e encontra – me encontra;
se tudo que faço é um fazer sem palavras, ou quase;
se sou nascida na liberdade e nasço a toda hora...

Resguardo-me nesse mistério, sem guardá-lo para mim.
Em oferta aos mares do destino, banho-me nas águas
eternas que levam à profundidade dos sonhos,
aos mergulhos interiores... e respiro na fonte secreta
que me reserva, da qual aspiro um espírito novo.

De repente

Tudo dorme, de repente.
Sou no fluir de uma claridade descontente,
que se deixa sombrear de silêncios.

De repente, a música cessa, e escuto
no limiar dos sons mudos a calada noite nascente.
Gestação do eterno e do complemento.

Na harmonia dos opostos, na paz da solitude,
no espaço sem-espaço em que contemplo
e sou contemplada, há o enigma, o mistério.

O clandestino de uma clandestinidade absurda, dolor.
De amor. Tudo adormece, de repente...
e os ventos sopram o despertar inevitável.

Nada é como outrora; eis que já é hora
— do nascimento.
Renasce dos sons um silêncio.
Do silêncio a sinfonia prometida.

Nasce em mim uma noite estrelada,
após um dia solar e azul
na minha alma pacificada, livre em sentido.

Renasço de um embaraço celeste,
da gestação de uma prece,
do infinito fluído, bonito de uma beleza inefável.

Renasço de um sonho sem sono,
de uma estrela cadente que se descobriu em mim,
de repente.

Pressentimento

De frente ao abismo, sob a ponta dos pés
pálidos e frios, corre de meu rosto uma lágrima.
Não há doçura, embora eu possa pressenti-la aqui.
Há ternura, que se espalha desde o rosto
até a ponta dos pés, e posso sentir sua captura
na lágrima que parte antes de mim.

Escuto trêmula, no êxtase da convocação silenciosa.
Sem confins no horizonte e o silêncio parece exalar
um chamado único, que me apela, me fixa
interiormente, absorve-me no seu mistério.
Estou nua, na nudidade do espírito, acolhendo
o infinito que se revela, que me espera...

Não há vestígios, mas posso senti-los.
No ecoar do silêncio abismal, a vibração que
embala meus pés ressoa e algo surge em mim.
Trêmula, na ternura nua, deixo-me contemplar,
mais uma vez. Do rosto até a ponta dos pés
há vibrações que não se deixam indiferentes.

Na vigília do corpo, na atenção do espírito,
entre pontas conectadas de um mundo invisível,
sob os pés pálidos e o rosto frio — maravilhado —
nasce em mim um chamado — aquele chamado —
cujas ondas sonoras atingem o choro
secreto e melodioso da vida.

Dourada

Recolho-me em meu recanto, solitário.
Sinto chamar a solidão bem perto, sempre mais perto.
Uma solidão escura, às vezes dourada, que desborda
de minha alma e se expressa como música nos ares.

A música solitária que faz tremer os desejos do espírito,
arder as certezas da pele e vibrar de um absoluto
mistério as cores do coração; cores da solidão...
uma solidão escura, em que as cores se misturam.

Em tons noturnos elas me recobrem e não respiro.
Sempre mais solitário, solitário, meu recanto interior.
Recolho-me e permito sentir a solidão;
solidão dourada que encontra a sinfonia única
de minha alma amada.

Quero sentir profundamente, arriscar-me ao radical
deste encontro comigo mesma; reencontro desejado.
Preciso despir-me dos sons exteriores,
para aguardar-me silenciosa, na gestação
de uma música nova, e dourada.

Céus que se derramam

É a chuva que cai lá fora e molha aqui dentro,
e dentro parece ser um horizonte exterior absoluto
porque de abismos é feito... não compreendo.
Chove lá fora e minha alma se banha e se acalma.

Aqueço de gotas estelares que insistem em maravilhar.
Brilham águas cristalinas que acariciam minha face.
É a chuva que cai, lava e leva-me por contemplar
a chuva que desfalece e desfaleço na lágrima dos
céus...

... que se derramam.

Pode ser êxtase ou intase; instante de contemplação
que se eterniza no coração da terra. Alvo respiro
na doçura das nuvens que carregam meu pensamento.
Neste momento deixo-me na chuva e no movimento...

... do além, o além que clama.

Sintonia

Escuto no palpitar de um silêncio febril
a música do coração da terra.
Escuto em uma escuta frágil um som melancólico
de um dizer que não se encerra.

Atinge-me essa voz de sono, sonho da terra,
quando me deixo silenciar nos ventos,
levada pelas águas de primavera.

As flores, escuto. Os dias e suas melodias,
infindáveis cores. Vibra de um silêncio mudo
o arranjo floral da constelação universal;
imensa estrela do infinito... sob um olhar bendito.

Escuto no palpitar da contemplação o
calor do coração, da terra e do ar.
Escuto porque me abandono no sono sonhado
que a utopia desejou; porque sinto a chama
que inflama de sentido aquele que amou.

Porque amar é escutar os inefáveis inesgotáveis,
sentir o arrepio de um suspiro que acrisola e
que se entregou. Flores odoradas de eternidade
pela atenção única daquele que contemplou.
Escuto porque me escuta o mistério.
Acolhem-me rosas do céu na terra.

Templo da vida

Num bocejo elegante o corpo se exprime.
Alongado até as alturas
os braços parecem tocar os céus.
Ares de liberdade surgem interiores,
e o azul celeste contemplado
é ardentemente desejado como única veste.

Pernas tão longas e soltas que saltitam
imitando pássaros da esperança.
Há um caminhar invisível traçado
pelo chamado das bem-aventuranças...
Rota cósmica dos viajantes desde o sol essencial.
Mãos e braços dançantes se abrem
acolhendo raios solares irradiantes;
invocam e incarnam a anunciação.

O corpo se exprime como num bocejo
e se deixa na contemplação.
É a graça que se atualiza no templo da vida
que acolhe a inspiração mais secreta;
no entanto, borbulha invisível e
atinge a pele que o espírito habita.
Num bocejo do corpo gracioso
um vislumbre da arte primordial.

Sacerdotisa

Essa solidão me assusta, mas também me salva.
Quando sozinha com meus silêncios, sinto-me
navegando por mares profundos, em águas
obscuras em que me deixo flutuar no destino.

De poderes ocultos estou repleta em atenção.
Vejo o que invisível se apresenta lentamente
à minha visão, a mais interior.
Dentro de mim vivem inúmeras almas,
sensíveis demais, que se manifestam na
arte do mistério.

Quando assim, silenciosa, posso sentir o
intervalo dos mundos, o sopro da vida
que surge e que finda, e lacunas incontáveis
se abrem em meu ser eterno.

Então percebo-me em comunhão, mas
ainda sozinha no deserto que meu espírito
caminha. Ser do universo e não estar em
nenhum lugar, e mesmo estando em todos
os lugares, ser impermanente em paz perpétua.

Minha alma avessa, minha pele lunar,
quando tudo o que me faz sentido é
sentir esse amor tão vivo.
Mesmo solitária no espaço em branco
de um dia novo, recebo a graça de uma
paixão encarnada, daquelas intensidades
que arrebatam para um além estranho e santo.

Tudo me foge das mãos, e por isso posso
pintar meu viver no risco e no desejo.
Somente aberta para o invisível acolho
o que me acolhe, e floresço uma essência
autêntica.

Esse assombro de luzes e de sombras,
entre encontros e melancolia, repleto de
um sabor escuro, quase amargo, que
impressiona no meu espírito um suspiro
ao fundo, ao sem fundo, ao subterrâneo
de meu ser original.

Não posso conter essa chama que
penetra minha interioridade, perpassa
minha razão ascendendo ao pulso
primeiro de que vive o coração.
Posso, sim, entregar-me sem reservas
para uma força que me encontra
na mais nua fragilidade.

Flora

Nasce do perfume da flor o teu nome.
Nasce pelo tímido silêncio uma flor.
O espírito contempla o instante e o consome
por um olor da eternidade do amor.

Resplende o nome decorado da flor,
brilha em teu rosto a beleza da rosa;
cativa terra e céus, oh, rosto candor,
declama do clamor a vida amorosa.

Pulsa frágil e freneticamente pulsa,
não como rosa bela que livre odora,
mas como pétala e não pétala avulsa.
O nascido para colher te adora...

De odores frutos, de faces flores,
em amores longos, evitáveis dores...
Nasce teu nome, o primeiro nome
do perfume único de nosso mistério.

Rosa viva

Quando me deixo na beleza do dia que nasce,
nas cores possíveis de uma contemplação passiva,
nos aromas embriagantes de uma rosa viva,
rendo-me silenciosa, acolhendo
o estranho sabor de viver o que transcende.

Não escuto senão os sons interiores
que se afinam junto às vozes dos pássaros livres,
qual liberdade é desenhada nos céus,
enquanto harmonizam os sons de minha alma,
em deleite pelo nascer do dia do espírito,
pelas cores que se misturam na aura que me envolve,
pelos olores de um além que me chama, me apela,
me conduz à sua imagem terna, de um dia
que provoca meu nascimento todos os dias.

Então me deixo de novo e sempre,
no divino suspiro que é luz
e me permite ver e viver iluminada por seu mistério;
deixo-me livre voar pelos céus descobertos,
em que sou viva qual rosa bela de um jardim secreto.

Adelina

Você. A bela que todos contemplam.
Beleza que não encerra, mas é como
flor em primavera eternizada
pelo desejo do belo viver.

Você. A rosa mais perfumada,
a senhora amada de tantos corações.
Você. A princesa da ternura que cura,
a luz em meio a escuridões.

Você, doce alma que a vida lê;
espírito guerreiro, jeito único de ser,
estrela a mais dourada das delicadas
constelações.

Você, eternamente você, em mim.
Coração de meu coração,
pulsação celeste de meu pulsar,
saudade sem fim...

Infinitamente você, que não me deixa sonhar
sem lhe procurar. Você, a rosa branca que
odora minha vida de memórias coloridas;
colírio saudoso dos meus olhos que já
se fecham nos seus.

Ainda aqui, mesmo no escuro,
você, sempre você.
Amo você.

Cristalina

Das águas cristalinas,
dos sonhos transparentes
em que a alma se anuncia;
nas frestas da noite a voz
suave, doce, entoando a salmodia.

Eu canto em teu canto,
eu escuto os silêncios e o pranto;
chora na terra a criança...
cai em minha mão a lágrima
de compaixão e de esperança.

Eu vivo o sopro da anunciação,
recebo a melodia das esferas,
das estrelas, a canção do coração;
acolho o que me colhe, deixo-me
em oferta líquida no mistério.

Das águas a luz invisível me banha,
sonha o universo meu espírito vivo;
nas mãos do destino meu desejo arranha
o único verso, então desborda ao som infinito
que me toca, ternamente, e me estranha.

Cartão postal

Querida,

recordo das bordas de sua saia aos ventos quando dançávamos sem rumo, sem ritmo e sem passo marcado. Lembro-me de sua voz suave ao som doce da nossa música, e você sorrindo enquanto chamava-me 'amado'.

Sinto o seu perfume, um odor de liberdade que, na verdade, provoca borboletas em meu estômago. Sim, lembro do seu prato preferido, da sua visão mais bela e dos ares aflitos que lhe convidavam a bailar sem fim. E você em mim, deixava-se envolver como que numa rede toda aberta ao mar dos sentimentos tempestuosos que garantiam o sentido do viver. Ah! Que saudade de você. Carrego-lhe em meu ser, lhe amo, e quanto mais lhe recordo, mais sofro de um insaciável desejo de lhe contemplar bem perto, mais uma vez.

O verão já é chegado por aqui. A praia não é mais bonita como quando você corria maravilhada para as ondas celestes que cobriam seu longo e leve vestido. Quando aqui estou, penso em você além do possível; é você que procuro nos espaços todos. Na transparência das águas é seu rosto que vejo, e no murmúrio das ondas deixo-me no silêncio para ouvir a música do seu coração. Nosso coração. Nosso mar de sonhos.

As coisas por aqui não estão fáceis. Trabalhadores sofrem sem trabalho e pouco se pode fazer para diminuir-lhes o sofrimento. Peixes achados mortos pela poluição das águas, e a rede jogada já não é como outrora, farta de uma felicidade plena. Você não suportaria tal cena, morreria silenciosamente como uma lágrima na boca do oceano e, sem engano, procuraria curar com as próprias mãos as feridas do mundo. Mas, não falaremos disso nesta carta, oh, amada. Peço-lhe sua oração, para que a vida floresça, novamente. E para que eu resista às nossas lembranças, e não deixe tudo para trás e vá ao seu encontro, desesperado, para jogar-me sem volta em sua delicada rede qual renda do seu vestido, aquele meu preferido, azul como o mar, leve como sua alma livre. Em você estive, como sempre, pensando longamente. Nesta carta um vislumbre da eterna miragem em que meu espírito se volta ao seu, como ontem, como hoje, para além da eternidade.

Do seu amado,
Ilha do encanto.

Saudade

O tempo vai passando
e essa saudade fica,
continua, nua e crua, sem vergonha
sem peso, nem culpa.

A saudade continua, reaviva,
vive em meus silêncios, sem desculpa
se aninha em meu ser tristonho, e belo,
e sem por quê...

Mas ainda se pode indagar
a saudade, essa saudade devagar
que pesa no meu sentir e ver
o tempo que já não muda,
pois continua
paralisado pela dor
de um amor-saudade.

Talvez

Não sei se a vida é bela demais ou triste demais,
não sei se o viver é ser ou vir-a-ser e sonhar de ser,
não sei se o amor é mais, bem mais que sentir,
talvez o único sentido de ser e de amar viver.

Não sei se os dias são longos demais para minha melancolia
ou talvez curtos demais para minha criativa agonia,
espírito indomável em seus por quês...

Não sei se o sol aquece meu quarto — aquele interior —
em que desabrocha o ser, o viver e o amor...
ou talvez o sol já tenha se retirado, me deixado de lado
para aquecer a noite eterna dos bem-aventurados.

Não sei se o que me resta, é resto;
se tenho tudo pela frente, e se tudo é apenas um segundo...
Mas, o que é o segundo senão uma fração
que pode ser eternizada pelo sentir do sentido,
por uma palavra abençoada, por uma pessoa amada?
Talvez.

Mas não sei se o que sei é um saber de verdade,
ou se, na realidade, saber não é a questão.
O viver, esse viver estrelado no sangue da terra,
consagrado pelas hostes celestes, abrasado por
instantes refugiados no eterno...
Talvez.

E o talvez pode ser a possibilidade de descobrir-se mistério,
e enquanto mistério abismar-se na obscuridade
de um saber-sentido, de um ser-amor,
de um amar-viver o agora imprevisto.

Líquida

Agarro-me nesse segundo de luz
em que teus olhos encontram os meus.
Deixo-me paralisar nesse instante eterno
em que tu me acolhes.

Que a pausa do mundo permita
amar-nos nesse além-tempo
em que a vida flui líquida
por nossas veias entrelaçadas.

Agarro-me docemente nesse fio estelar
que reúne os nossos segundos eternos;
entrego-me aos teus cuidados de amar,
ofereço-me aos encontros tão ternos.

Oh, belo amor, que é a vida?!
Entrego-me aos amantes mistérios
sentindo a luz que adentra profunda noite,
e com coragem bebo no cálice da eternidade.

Deixo-me fluída e leve sob teu olhar.
Guarda-me do tempo, proteja-me de mim.
Receba-me sempre e de novo, em ti.
Belo amor, diga-me, o que é essa vida?!

Destino

Nos silêncios já estou submersa.
Atinge-me um suave tremor que calado
toca minha pele, arrepia o espírito,
faz pulsar a gélida sensação de viver.

Eis que me encontro em sonho, acordada.
Desperto para o além de mim
e percebo que não estou só.

Minha alma cantada aos silêncios,
absorvida em nua timidez que não se dissolve,
então silencia.

Não há nada que se possa fazer para diminuir a agonia,
mas há o entoar mudo, quase sobrenatural da salmodia,
e meu espírito é reerguido pelo mistério da vida.

Nos silêncios, já me deixei toda e inteiramente.
Habita-me um sentido, me guia uma voz de interioridade,
leva-me uma força divina que me transborda...

Transbordo em graça que me contempla.
Essa presença, nos silêncios e nos espaços todos,
preenche meu viver de paixão e de responsabilidade.

Uma alma

Navega nas águas da vida uma alma,
destemida alma que abraça o mistério...

Mergulha nos oceanos interiores,
incarna os amores e traduz a calma.

Alma no corpo que habita;
na terra a luz dos universos.

Se unem infinitos versos que se declamam,
declaram uma alma solar e líquida em coragem.

Você sente?

Você sente esse instante
em que o eterno é guardado em seu peito?
Sente que essa eternidade abre o coração
para uma visão mais além do ser?
Você pode sentir esse espírito que paira
sobre os seus sonhos, que reaviva seus dias
e que bendiz sua noite mais escura?

Consegue sentir o arrepio na alma que sente
esse mistério? E consegue adentrar no mistério
sem decifrá-lo, mas sentindo?
Será que você percebe com o sentir do coração
a luz que brilha por detrás dos infinitos sóis?

E pode sentir que cada sol é sempre novo,
na eternidade criativa que reluz autêntico viver?
Diga-me se o pode, você sente o meu silêncio
no seu silêncio e escuta as sinfonias inefáveis
do nosso contato único?
Você, quem é você que me lê?

Prelúdio

Sopros e ruídos dentro de mim estalam
como pedrinhas que rolam nas águas
de uma maré impetuosa.
Não posso escutar essa voz, embora a escute;
não consigo agarrá-la no ar, embora ela esteja lá.

Essa voz que sopra e que faz roer as profundezas
de minha alma; voz que chama e que se diz
no silêncio de uma interioridade aberta, sem véus.
Na nudez de um espírito livre, a liberdade dolorosa
é declamada pela voz que interior assola meu corpo.
Nada posso definir que já não seja a própria
indefinição.

Que seja infinita essa resposta de possibilidade,
além destino, e nessa infinição não cesse a voz
que me estranha, me entranha, que não me deixa só.
Como poderei atender ao chamado, se estou
paralisada no tremor dessa tímida música?
Se cá onde estou tudo é pequeno demais e
se já transbordo desde o avesso da pele?!

Como fazer para continuar a dança, se a música que toca se disfarça e o mistério é seu tom fundamental?! Que fazer para seguir na melodia, nas sinfonias desconhecidas que tentam nos arrancar de nós, como num parto de renascimento divinamente orquestrado?!

Sopra no rosto minha vida porvir, mas escondo-me. Nas águas do sonho banho-me de contemplação. Escuto o pulsar de um chamado, sua vibração, sua miragem que dentro de mim se achega com tamanha força de ternura, e me guardo. Aguardo. Enquanto os sopros do silêncio tentam me convencer que é verdade, e que talvez eu seja parte dessa canção.

Antes servir do que ser servido

Me desgarro das minhas certezas;
meu coração frágil pulsa forte.
Desespero-me no abismo que sou
e vejo que nenhuma visão é permanente,
nem mesmo essa.

Desfaleço de amor, e depois recomeço.
Sinto o vento que entra em minha alma, tomando-a
para si.
Sou ventania absoluta.
Não importa saber quem eu fui, mas quem me tornei.

Esqueço, por um momento, dos momentos passados.
É só o agora que resta. De todo o resto, sou poeira.
Estou só, na comunhão dos universos.
Deixo-me nesse abismo de travessas insuperáveis;
aguardo o anúncio das esferas secretas de
um futuro incerto.

O que acerto, em verdade,
é que amo e amar é meu caminho.
A missão de meu espírito livre,
na liberdade dos amantes,
é antes servir do que ser servido.

Na paz desse instante, em meio ao caos
de um processo não linear, curo-me de mim.
As sombras que me acompanham são as que iluminam
o poço profundo de um coração não conformado.

Deixo-me agora, para acolher minhas lágrimas e
meu sorriso.
Sou mistério em um corpo vivo, vivendo de trilhar
destinos abissais no improviso.
Mas, em verdade, sou guiada pelo Anjo da Terra,
que desde infinitos céus vigia e ora eternamente.

A prece do corpo que reza

Meu corpo, minha prece.
Enquanto danço, rezo meu viver na liberdade
que atravessa a explicação.
Sem explicar, ouso um tímido dizer
que se diz em oração, que se mostra silencioso,
mas disponível aos que desejam ouvir.

Transpassa-me essa corda invisível
que enlaça meus sonhos,
recorta minhas asas no desenho das nuvens.
Corda trançada em meu coração
infinitamente se alarga formando uma teia
de destinos irresistíveis.

Então eu danço essa canção e
meu corpo, meu templo, ora aos céus com emoção.
Vivo de vibrantes momentos e memórias, intensos,
que transbordam em desatino na incompreensão.

Mas ainda vivo, e danço, e posso ouvir
a música que se toca em meu espírito.
Meus braços alargados, minhas pernas flutuantes
no chão de barro, no caminho do improviso.
Olhos voltam-se aos céus em voo indeterminado,
atraídos sem recusa ao azul de uma paz sem fim.

Deixo-me mais um pouco nessa sinfonia
estranha que meu interior floresce,
e meu corpo em prece transborda em dança,
encanta e avança em forma de figuras desfiguradas,
tão livres que se ensaiam em mim.

Resguardo-me no silêncio que precede a música,
no movimento pausado que materna minha dança.
Entre sons e passos, silêncios e pausas,
respiro na graça.
Recebo a benção da possibilidade,
e a coragem que afaga minha alma.

Clamor

Amor meu, peço-te quanto for possível
que me ames tanto quanto podes,
e não me deixes senão por amor
e ainda assim não me deixes.

Peço-te se o posso, que me carregues
em teu viver por toda a eternidade que se vive,
e mesmo no desconhecido além-vida,
peço-te que me recordes.

Contempla-me, se não muito te peço,
bem de perto, bem de dentro.
Que no silêncio do pulsar da existência em ti,
seja eu a buscar-te sempre por um grande amor.

Que nesse mistério que nos guarda
possamos beber da fonte inesgotável de maravilhamento.
Que neste momento sejas tu o guardião de minha alma.
Proteja-a se podes; reserva-me em teu sonho de ser, em toda possibilidade.

Amado meu, perdoa-me por tanto e todo amar-te
e mais ainda por te querer o amor.
Receba-me em tua graça, colha-me desse jardim do mundo
e preserva-me no teu coração odorado de bondade.

Hospitalidade

Recebo do universo uma oração.

Nos ventos que sopram em meu rosto
No sol que aquece meu corpo
Na chuva que banha minha alma
No dia que ilumina o meu sonho
E na noite que o preserva...
Recebo uma oração.

Acolho esse mistério, não resisto.

Travessia

No assombro da revelação
ouço vozes de um além-mundo.
Porque toda revelação é tal anunciação do invisível
que invisível se faz sentir.

No sentido de um clamor estranho,
que perpassa minha pele e a alma encontra,
recebo as graças de uma visão absurda.

Nada parece ser igual, porque nada mais é igual.
Talvez a igualdade seja apenas uma medida
intimamente mirada, como uma miragem
que do interior faz brotar sonhos de amanhã.

E no amanhã repousa minha imagem,
outrora projetada. No agora, somente agora,
vejo traços de uma tímida eternidade.

Danço nesse relance de infinitos em minha memória.
Respiro um ar febril desejoso de vida
e vida em abundância.
Mas tudo já transborda do limiar do acaso,
e já não cabe adormecer quando o dia é já chegado.

Despertar no anúncio secreto,
reunir os assombros de uma realidade outra,
aquém dos acasos e casos conhecidos.
Expirar as sombras do temor
para nascer de novo, no amor.

Estranhar-se a todo instante,
porque viver é maravilhar-se e
a experiência do corpo é a do espírito.
Erguer-se no fim da noite para testemunhar
a travessia inevitável sob a luz da aurora.

Intensidade

Sou essa estranheza e dentro de mim
se revelam infinitos indetermináveis.
Recolho-me na noite da espera e
testemunho a sombra da encarnação.

Recebo ternamente os mistérios
embriagada de pudores e poderes invisíveis;
permito-me sentir as entranhas dos estranhos
sonhos que se gestam sem fim...

Sou tal abismo perfeito de uma existência
intensificada pela graça atualizada;
sou integrada, amada e interiorizada
pelos secretos encantos de um universo vivo.

Das estrelas sou, e de tudo o que brilha
clandestinidade.
Permito-me sentir novamente e sempre
a urgência de um amor que clama
e que me chama em desespero.

Bálsamo

Estranho o perfume de tua consciência,
pois tu te revelas infinitamente diante de mim.
Acolho-te como imenso mistério,
enquanto eu mesma, misteriosa, dependo conhecer-me.

Sinto os aromas embriagáveis de tua vontade,
quando tu te voltas ao meu sorriso
e me acompanhas nas fragrâncias eternizáveis
de uma doce alegria.

Tu te apresentas como uma presença inconfundível,
e jamais sobre o solo dessas terras
haverá tamanha graça por amar-te.

Tu és no fluir do tempo cósmico da bem-aventurança;
és a esperança de um amor sincero,
que em verdade sustenta e alimenta todo o sentido.

Entranho-me no perfume de tua consciência.
Deixo misturar-me nas essenciais gotas
de teu sangue estelar.

Entrego-me aos teus encantos,
pois sou rendida sob o teu manto
de suaves carícias, terno e santo.

Candelabro

Dentro de mim um choro absurdo
que se converte em lágrima do mundo.
Nada poderá remediar o clamor
de um destino entregue aos poderes invisíveis.
Nem poderá adiar o momento perpétuo
da redenção já anunciada.

Eis que o candelabro está em chamas,
e a lágrima na vela se derrama por sobre os vivos.
De um ardor profundo o profano se recolhe,
para que sejam dissipadas as sombras
na fumaça da meia noite que já é chegada.

Sem consolo, deixo-me vagar
por uma lembrança clandestina.
Recordo o que me recorda, e nem sei ao menos
os mistérios que me abrigam.
Mas sinto um desatino completo
ao deparar-me com a dor eterna, porque é eterna
a responsabilidade pela dor um dia causada.

Aos pós nas cinzas nos ventos jogadas,
aspiro uma clemência ao longe entoada.
Escuto e reencontro; acolho e renasço em mil vidas.
Tudo jorra de uma constante fonte de sentido...
mas qual o sentido quando tudo desborda?!

Aos acasos mal compreendidos,
aos destinos imprevisíveis,
lanço-me na rede dos universos luminosos.
Insisto em permanecer no fluido
de uma luz líquida que se contorna
nas sombras para nas sombras iluminar o caminho.

Se existe tal caminho, caminhando serei a testemunha.
Abro-me para sentir essa dor que não ampara
e incarno a força da paz, transmutando
os infernos secretos de uma ação sem alma.

Nesse íntimo sentir do sentido,
o essencial é ínfimo e é dourado.
Recolho-me na miragem dos interiores espaços
em que o espírito se revela, e paralisada
não quero, não posso e não consigo adormecer.
Na chama que clama, na anunciação da sagrada vela,
sou quem observa e declama
um pesar infinito e uma graça eterna.

Poética

Minha pele arranha no mistério da palavra
quando o silêncio abraça meu corpo
e gesta um poema interior.

Declamada ao destino,
resgata-me o som abissal dos encontros
e ouso um acaso combinado.

Pressinto no instante que se eterniza
a sílaba rara de uma tônica sagrada.
Palavra dada professa o amor vivido,
expressa o espírito, ancorando um corpo de papel.

Sou essa alvura que se pode viver.
Na poesia essencial dos sentidos,
ressurjo melodiosa e declaro-me
para todo sempre intensa amante dos céus.

Consagrada

Dentro de mim um grito rasgante que não encontra saída.
Rasgado na alma um sentimento que se perde, se encontra, se confunde.
Sou ferida pelo mistério na sensibilidade que me arranha, me entranha.
Nada pode remediar esse abismo e eu sofro de mil mortes viva.

Desconheço a luz desse jeito de ser exagerado. Tudo é demais para mim
e sou demais para mim mesma. Eis que o chamado que escuto é alto,
é continuamente renovado pelo som de um silêncio absurdo.
Acolho esse prenúncio, reconforto-me em solidão escura que me cura.

Deixo-me livre nesses sons ruidosos que nascem constantemente em mim.
Sou outra que não eu, sou além do que poderia vir a ser.
Entrego-me ao destino previsível, não ouso controlar o invisível
nem mesmo cantar seu silêncio.

Quando todas as vozes entoam uma canção sagrada,
testemunho a graça de uma vida ao amor consagrada.
E amar exige tudo.

Amante

Amo-te demasiadamente estranho,
de modo que encontro perdendo-me,
enquanto ao buscar-te me encontro.

Em teus cabelos de sol,
em tua pele de neve
em teus olhos de céu e mar...

Amo-te no que parece um sonho,
sem deixar por trás do sono
a utopia estranha por bem te amar.

Se sou isso, amante de teus encantos,
livre meu riso contigo é santo,
absurdamente branco;
intenso e sem limites deixo-me em ti.

Amo-te bem mais que posso,
bem mais que o infinito abraçou...
Se em teu olhar alvo, me encontro a salvo
canto uma ode ao coração que me amou.

Testemunho

A dureza desse silêncio só pode dar-se na doçura transcendente,
que se abre interiormente sem resistência,
acolhendo o que o coração sente.

De todos os espaços em que te contemplo, este é o que me dá mais calafrios, e de todos os momentos em que ao teu lado estive, este é o mais necessário.
E bem aqui, agora, sinto-me contigo entrelaçada ao infinito,
porque é também na dor que os espíritos se unem fortemente ao além.

Percebo que minha alma paciente se recupera no teu sorriso.
E nada mais brilha senão o carinho de teu olhar pacificado,
o semblante macio de um ser que é bem amado.

Recolho-me nas forças, reúno o que de melhor posso oferecer-te,
e permaneço ao teu lado como uma fortaleza amorosa,
cujo amor é o próprio e único lar que pode abrigar a dor de amar.

Nessa ternura que nos envolve e que nos cura, sinto um sabor novo, talvez,
e saboreio esse instante. Sinto.
Deixo-me embriagar por tal sabor obscuro, e compreendo.
O amor é tal essência que se deixa provar.

Tempo

Nesse tempo vago em que divago pelo branco
Na janela e pelo cinza no meu peito
Esse tempo que chora e que desvela
Por entre as frestas, por sobre as velas,
Esse tempo calado no meu sonho

No meu rosto, no meu desejo
Tempo que já não se tem, que se vai
Que se foi.
Tempo presente que pressente a
Promessa, o caminho, o destino...

Nesse vago tempo em que divago pelo branco
Na janela e pelo cinza no meu peito
Sobra-me um alento sobre o sono
Sobre a cálida face que contempla o
Passar do tempo já passado que embrulha
Um mistério, um mistério, um mistério.

Amor misterioso

De tudo o que posso dar-te,
receba essa oferta de amor.
Amor, simplesmente.
Amor na verdade da palavra.

Mas, se podes, acolha minha dor,
transforme-a em teu sono,
guardando o perdão de um amor misterioso.

Nada poderei fazer senão te amar.
E de amar nascem em mim
inimagináveis forças do espírito.

Eis que me sinto vivo,
e por amar-te sou acolhido no sonho divino.
De tudo o que posso dar-te,
o amor é o que reúne as possibilidades.

Nada poderá mudar esse mistério,
nada poderá mudar.
Te amar é nascer de novo, e de novo.

Em todos os nascimentos me conheço mais,
me lembro mais, e tanto mais me estranho.
Porque sou em ti. Porque me és.
Porque somos em amor.

Dependo-te. E não quererei resistir.
Deixo-me amando, e por ti amado,
para que se cumpra em nós a promessa da eternidade.

Consolo

Arde como fogo essa dor diante de teu sofrimento.
Sinto-me paralisada quando teu sorriso é de mim arrancado
por uma lágrima que se esconde.

Entender já não consigo, aceitar tampouco.
Resta-me recorrer à oração das almas
e ousar uma promessa ao pai da vida.

Que fazer diante de desmedido mistério?
Que fazer quando as forças se recolhem,
nos olhos o tremor qual desatino de um verdadeiro amor que sofre?

Não poderei assistir ao teu chorar calado,
mas vigiar teu progresso ao meu lado,
na reza que é o nosso amor, amado.

Serei a cura em ternura que nos exala possibilidade.
Serei tuas mãos quando todas as mãos repousarem na noite.
Serei quem te acompanha, dia após dia, e quem te oferece
o perdão e uma graça consolada.

Delicadeza

Enquanto derivo sob a névoa do teu olhar tímido,
recolho um abraço distante, oferecendo-me à
contemplação desse infinito instante.

Enquanto deixo-me em tua atenção passiva,
recebo intimamente uma graça e um perdão.
Só tu me podes libertar a solidão,
porque tu me olhas e me devolves a vida.

Nessa ternura ativa de olhos e de braços,
nos silêncios, em todos os espaços,
na distância que reúne, na proximidade
que não fere, o amor nos pode amar.

Enquanto permito-me amada ser,
acolho olores de eternidade que se achegam
em meu seio não mais solitário. Resguardo uma
delicadeza,
e minha fragilidade confiada aos teus cuidados.

Toma-me como sou, livre e noturna,
e deixa-me te amar mesmo na noite,
além do tímido olhar, que em névoa
disfarça tal graciosidade.

Identidade

Estou comigo. Quero saber quem eu sou.
Depois de tudo o que passei, que sofri,
que amei, tudo que vivi...

Quero me reconhecer, saber o que ficou,
o que nasceu, o que findou.
Serei eu ainda? Sou quem se me tanto estranho?

Quero estar em mim, um pouco de novo,
sentir essas dores que me fizeram outra,
os amores que me levaram ao nascimento.

Eis que agora tão viva, me reencontro.
Quero sentir-me mesmo noturna,
mesmo solitária nos mistérios.

Enquanto nua no espaço escuro,
contemplo um tímido rosto
que está a arder em paixão, coragem e assombro.

Lembranças

Dentro de mim lembranças manifestam
um elo infinito e invisível que é fortalecido na graça...

Presença que se atualiza com tua face aclarada em meu coração.
Passam os anos e o tempo desborda, se passa,
e tu permaneces eterna em minha paixão.

Porque tudo o que desejo é amar e bem amar-te.
Não importa onde estejas, estás aqui, dentro de mim.
E tu serás sempre a mesma, e também outra;
e terás meu amor em ti, sempre de novo.

Porque tudo o que fizeres será bem-aventurado,
porque em cada gesto teu sinto-me bem amado.
Tu és a lembrança que achega de noite,
avivando os sonhos de ser, protegendo de ternura o viver.

Dentro de mim lembranças manifestam
um elo infinito e invisível que é fortalecido na graça...

Presságio

Destinos se reúnem e se tecem no mistério do amor.
Porque somente o amor é capaz de tecer o invisível,
sustentar o infinito e odorar eternidade.

Sinto que o colapso do acaso
é bem menos compreendido senão pelo amar.
Ao certo, não sabemos quantos presságios
revestidos de acasos nos farão despertar.

É preciso renovar a fé no amor,
deixar-se envolver pela paixão do coração;
então saberemos que nada é em vão,
e todo encontro é desejado pelo universo.

E nossa liberdade timidamente
se reconhece como imenso mistério.
Não é sobre pensar-se livre,
mas viver uma liberdade que transcende
as lógicas de uma simples humanidade.

Das estrelas, sou. E reverencio
os cósmicos encontros que a vida me oferece.
Com um cálice, bebo desse líquido estelar
e minha alma é banhada para sempre
no amor que é elixir essencial.

Confiança

Tudo o que preciso é deixar-me para ti, tão simplesmente.
Que tu possas realizar o destino
e juntos possamos desafiar o acaso, adormecer no seio do eterno.

Deixo-me em ti, radicalmente, sou contigo em toda possibilidade.
Mas só posso arriscar-me porque te amo hoje e sempre.

Permito-me, sem resistência, amada ser por tua presença.
Tu estás aqui e te recebo em minha interioridade.
Confiada aos teus cuidados, sinto nossa verdade e sou pacificada.

Furtiva

Uma lágrima escondida, por trás do olhar
que contemplo e já fenece.
Teus olhos revelam uma tímida prece,
cujo calor aquece meu espírito
e comunica uma velada dor.

Tu és e estou para te amar,
mesmo na noite do nosso coração.
Quando a escuridão revela uma fragilidade,
resta-nos acolher em silêncio,
para que a verdade ilumine esse momento
que já passa e nos deixa.

Não te posso deixar, porque em mim tu estás.
Quando a lágrima em tua alma brotar um sentido,
eu sentirei. Quando a lágrima transbordar do espírito,
eu pensarei em ti. Porque sou em ti uma presença
que te acolhe, que te bem quer.

Meditativo

Contemplo na inocência desse instante
o nascer inevitável de um dia novo;
contemplo já sem tempo e escuto
o rumor caloroso que declama a sinfonia.

Percebo nesse momento que nenhum controle
é possível, nem posso deixar de sentir-me vivo.
Cá estou, pulsante, vibrátil em energias condensadas
que se desprendem em bolhas de solar encanto.

O dia na sua infância é também minha criança
que vive na minha eternidade hesitante.
Compreendo que pouco sei ou quase nada,
e rendo-me à sabedoria secreta de um novo dia.

Já nas frestas luminosas de um coração todo aberto,
tendo-me radicalmente a uma força que surpreende.
É o espírito no mundo, é a chama da vida que não finda,
é a sombra tímida da noite logo mais chegada...

Na altura de uma contemplação passiva,
deixo-me aos poderes ocultos para que
me possam preencher de mistérios inesgotáveis.

Contemplo por mais um tempo ao infinito,
e recebo bençãos de um nascer giratório, cíclico e denso;
expiações que se convertem em graça sem fim,
ao sem fundo no profundo de mim.

O tempo retorna

Recebo a tua alma nesse abraço lento e calmo.
Sinto que já nos conhecemos
e isso invade minha interioridade
como um sopro de destino irreparável.

Esse sentir profundo que faz emergir do espírito
um entendimento novo, inaugura em meu viver
um sentido outro, um sentido vivo.

No corpo que respira pacificamente
te posso sentir deveras real.
Tu és quem quando te contemplo misterioso?
Quem sou se me reencontro em tua pronúncia
silenciosa que pressente a imortalidade?

Nas teias invisíveis que nos dançam a vida,
posso arriscar um passo de improviso ao
deparar-me com teu sorriso cósmico
que me reconhece.

Recebo a tua alma nesse abraço lento e calmo.
Sinto que o universo nos desprende esse verso
e nos declama uma ingênua verdade.

Índice